공중전과 문학

LUFTKRIEG UND LITERATUR
by W. G. Sebald

Copyright ⓒ The Estate of W. G. Sebald, 2003
Korean Translation Copyright ⓒ MUNHAKDONGNE Publishing Corp., 2013, 2018
All rights reserved.

This Korean edition published by arrangement with
The Wylie Agency(UK) LTD.

이 책의 한국어판 저작권은 The Wylie Agency(UK)와
독점 계약한 (주)문학동네에 있습니다.
저작권법에 의해 한국 내에서 보호를 받는 저작물이므로
무단 전재 및 무단 복제를 금합니다.

이 도서의 국립중앙도서관 출판예정도서목록(CIP)은
서지정보유통지원시스템 홈페이지(http://seoji.nl.go.kr)와
국가자료공동목록시스템(http://www.nol.go.kr/kolisnet)에서
이용하실 수 있습니다.(CIP제어번호: CIP2018016507)

Luftkrieg und Literatur
W. G. Sebald

공중전과 문학
W. G. 제발트

이경진 옮김

문학동네

일러두기

1 이 책은 아래의 원서를 한국어로 완역한 것이다.
  W. G. Sebald, *Luftkrieg und Literatur. Mit einem Essay zu Alfred Andersch*(Frankfurt am Main: Fischer Taschenbuch Verlag, 2001)

2 원서의 주는 미주로, 옮긴이 주는 각주로 표기했다.

3 원서에서 이탤릭체로 강조한 부분은 본문에서 고딕체로 표기했다.

4 본문 중 [ ]는 옮긴이가 보충한 것이며, ( )는 원서의 표기를 그대로 살린 것이다.

5 단행본·잡지는 『 』로, 시·단편·논문은 「 」로, 영화·방송은 〈 〉로 구분했다.

6 외래어 표기는 국립국어원 표기 원칙을 따르되 관습으로 굳어진 표기의 경우는 관례를 존중했다. (예: 알프레트 안더슈 → 알프레트 안더쉬, 헨리 모건도 → 헨리 모겐소)

차례

머리말

  이 책에 실린 '공중전과 문학'이라는 주제의 취리히 강연은 1997년 늦가을에 진행했던 강연들을 완전히 그대로 옮긴 것은 아니다. 첫 강연을 구상하게 된 계기는 1943년 한여름에 정신병원 환자로 있던 로베르트 발저와 떠난 짧은 여행에 대한 카를 젤리히의 묘사였다. 그날은 정확히 함부르크 시가 포화에 휩싸여 무너져내린 공습의 밤이 있던 날이었다. 이 우연의 일치에서 아무 연관성도 이끌어내지 않는 젤리히의 회고는 내가 그때의 참혹한 사건들을 어떤 관점으로 되돌아보아야 하는지를 분명히 해주었다. 1944년 5월 알고이 지방의 알프스 산간마을에서 태어난 나는 당시 '독일제국'에서 발생한 그 재앙의 손길이 미치지 못했던 사람 중 하나였다. 그럼에도 이 재앙은 내 기억 속에 갖가지 흔적을 남겼기에 나는 취리히 강연에서 내 작품의 몇몇 대목을 다소 길게 인용함으로써 그것을 보여주고자 했다. 취리히 강연은 원래 작가 강의로 마련된 자리였으므로 그러한 자기 인용이 용인될 수 있었다. 다만 여기 선보이는 책에서는 자기 인용의 비중이 커지는 것이 적절하지 않다고 보았다. 그래서 강연 후기에서는 첫 강연 내용 중 일부만을 인용했고, 그 외에는 취리히 강연이 불러일으킨 반응과 후속으로 도착한 편지들을 다루고자 했다. 편지의 상당수는 어딘지 기우뚱한 성격을 띠고 있었다. 그렇지만 집으로 배달된 다양한 문서와 편지에 나타난 바로 그 미흡함과 갑갑함에서, 수백만 명이 전쟁 막바지에 겪었던 그 유례없는 민족적 굴욕의 경험이 결코 발화된 적도 당사자들끼리 공유된 적도 없으며, 후세대들에게 전해진 적도 없다는 것을 읽어낼 수 있었다. 장대한 독일 전쟁·전후 서사시가 오늘날까지도 쓰인 적이 없다는 거듭된 한탄은, 질서 강박적인 우리의 정신에서 생겨난 절대적 우유성偶有性의 폭력 앞에서 우리가 좌절한 (어떤 점에서는 전적으로 이해할 만한) 것과 연관이 있다. 이른바 과거 극복이라는 것을 위해 힘쓰고 있다고 하는데도 나에게는 오늘날 독일인들이 유독 역사에 무지하고 전통이 결핍된 민족으로 보인다. 영국 문화 어디서나 감지할 수 있는, 우리 자신의 옛 생활방식이나 문명의 특수성에 대한 열정적인 관심을 우리는 알지 못한다. 우리는 시선을 뒤로 향할 때, 특히 1930년에서 1950년 사이의 시기로 향할 때면 항상 시선을 던지는 동시에 거두어들인다. 그런 까닭에 전후 독일 작가들이 내놓은 작품들은, 도덕적으로 신용이 바닥을 치다시피 한 사회에서 문인들이 차지한 극도로 위태로운 자리를 공고히 하기 위해 형성된 반쪽 의식이나 거짓 의식에 누차 영향을 받았다. 제3제국 시기에 독일에 남아 있던 대다수 문인들에게 1945년 이후 자기 이미지를 재규정하는 일은 자신들을 둘러싼 현실 상황을 묘사하는 것보다 훨씬 더 긴박한 일이었다. 이런 사정에서 자라난 문학적 실천의 불행한 결과를 보여주는 사례가 바로 알프레트 안더쉬의 경우이다. 그래서 나는 여기에, 공중전과 문학에 관한 강연들과 연결하여, 몇 해 전『레트르』에 발표했던 이 작가에 관한 논문을 다시 수록했다.

발표 당시 나는 그 논문으로 맹렬한 비난을 받았는데, 그때 그러한 비난을 했던 사람들은 자신들이 안더쉬를 특징지었던 그 대항적 태도와 깨어 있는 지성이, 파시스트 정권의 권력 확장이 불가항력적으로 진행되는 듯 보이던 상황에서라면 많든 적든 의도적인 순응의 시도로 변질될 가능성이 있었으며, 그런 이유로 안더쉬와 같은 공인에게는 은밀한 삭제, 그 외의 여러 수정작업을 통해 생애사를 조작해야 할 필요성이 발생한다는 사실을 보지 않으려는 이들이었다. 내 생각에, 자신들이 보았던 것을 기록하고 그것을 우리 기억 속에 짜넣어두는 데 한 세대의 독일 작가 전체가 그토록 무능했던 가장 주요한 원인은 후세에 남길 자기 이미지를 미화하는 데 이와 같은 방식으로 집착했기 때문이다.

공중전과 문학

취리히 강연

삭제 기법은 모든 전문가의 방어본능이다.
스타니스와프 렘, 『상상의 크기』

1

오늘날 이차대전 막바지 몇 해 동안 독일 도시들이 겪은 초토화 규모를 그 절반만이라도 제대로 떠올려보는 것은 어려운 일이며, 그 초토화의 참상이 어떠했는지를 깊이 생각해보는 것은 더더욱 어려운 일이다. 물론 연합군의 전략폭격 조사나 독일 통계청의 조사, 여타 공식 출처에서 영국 공군이 독자적으로 40만 번의 출격으로 100만 톤의 폭탄을 적국 영토에 투하했다는 것, 한 차례 또는 그 이상 수차례 공격받았던 총 131개의 독일 도시 가운데 몇몇 도시가 거의 철두철미하게 붕괴되었다는 것, 독일 민간인 60만 명이 이 공중전으로 희생되

었다는 것, 주택 350만 채가 파괴되었고, 종전 무렵에
는 750만 명에 이르는 사람들이 거리로 나앉았으며, 쾰
른에선 주민 한 명당 31.4세제곱미터의 건물 잔해가 쏟
아지고, 드레스덴에선 주민 한 명당 42.8세제곱미터의
건물 잔해가 쏟아졌다는 것이 모두 사실로 드러나기는
했지만, 이러한 것들이 정녕 무엇을 의미하는지 우리는
알지 못한다.[1] 역사상 그 유례를 찾기 어려운 이 파괴
행위는 새로 건설된 국가 연감에 일반론으로 얼버무려
기록되었을 뿐 집단의식에 전혀 상흔을 남기지 않은 양
치부되었고, 당사자의 회고에서도 거의 배제되었을 뿐
아니라 그간 독일의 내적 상태에 관해 진전된 논의에서
도 별다른 역할을 하지 못했으며, 훗날 알렉산더 클루
게가 확인해주었듯이 그 어떤 것도 공적으로 의미 있는
기호가 되지 못했다.[2] 얼마나 많은 사람이 매일, 매월,
매년 이러한 공습에 노출되었으며, 전쟁 후에는 또 얼
마나 오랫동안 모든 긍정적인 삶의 감각을 억누르는
(그래야 했던 것이 아닌가 싶지만) 공습의 실질적인 결과
에 맞닥뜨려야 했는지를 고려해본다면, 이는 대단히 역
설적인 사태이다. 매번 공습을 받으면 곧장 재건을 위
한 실제적 여건을 만들어냈던 엄청난 에너지를 지닌 사

람들이, 1945년 2월 23일 밤에 있었던 단 한 차례의 공
격으로 6만 인구 중 거의 3분의 1을 잃은 포르츠하임
같은 도시에서는 1950년이 지난 시점까지도 파편더미
위에 나무말뚝 십자가들이 그대로 꽂혀 있도록 방치해
두었다. 또 1947년 3월 기사에서 재닛 플래너가 보도한
것처럼, 인적 없는 바르샤바 지하실에 웅크리고 있던
지독한 악취가 초봄의 온기에 깨어나[3] 종전 직후의 독
일 도시들까지 날아왔던 것도 사실이다. 하지만 이 악
취가 재난지에서 버티던 생존자들에게 뚜렷이 인지되
었던 것은 아닌 듯하다. 종전 직후인 1945년 말, 알프레

Kämmererstraße: Kein Haus überstand das Inferno

트 되블린이 독일 남서부에서 기록한 메모에 따르면, 사람들은 "무시무시한 폐허 사이를 아무 일도 없었다는 듯이, 그리고 (…) 도시가 늘 그렇게 보였다는 듯이" 무덤덤히 걸어다녔다.[4] 그 무감각이 바로 새로운 시작을 선언하고 지체 없이 재건 및 소개疏開작업에 뛰어들 수 있었던 확고한 영웅주의의 다른 얼굴이다. 보름스 시에 헌정된 소책자 『보름스 1945-1955』에는 이런 기록이 남아 있다. "지금은 행동거지가 바르고 목표 설정이 분명한 심지 굳은 남성들이 필요한 시기이다. 이들 대부

Schöner und breiter erstand sie wieder

분은 앞으로 몇 년 동안 계속 국가 재건의 최전선을 담당하게 될 것이다."[5] 빌리 루퍼트라는 사람이 시정 의뢰를 받아 만든 그 소책자에는 수많은 사진이 실려 있는데, 여기에 소개하는 캐머러 가(街)의 사진 두 장도 그 책에 실려 있던 것들이다. 이 사진에 담긴 완전한 파괴는 집단적 광기의 참담한 결말로 보이는 것이 아니라 성공적인 재건의 첫 단계라 할 그런 것으로 보인다. 1945년 4월 프랑크푸르트에서 열린 이게파르벤 화학공업회사*의 간부회의 회의록에서, 로버트 토머스 펠은 독일인들이 자신들의 조국을 "과거 그 어느 때보다도 훨씬 더 크고 강력하게 재건하겠다"[6]라는 자기 연민과 비굴한 자기 정당화, 상처 입은 결백감과 반항심이 괴상하게 어우러진 의지 표명을 발견하고 경악을 금치 못했다고 한다. 이후 독일인은 정말 그 다짐을 지키는 데 게을리하지 않았고, 이는 오늘날 독일을 찾은 여행객들이 프랑크푸르트 가판대에서 구입해 세계 전역으로 부치는 마인 강변의 메트로폴리스 풍경이 담긴 그림엽서에서도 쉽게 확인할 수 있다. 그동안 이미 전설이 되어버렸고 또 어떤 점에서는 실제로 경탄할 만한 독일의 재건은 적국의 공습으로 초토화된 뒤에 실시된 제2의 과거 청산작업과 다를 바 없었다. 그것은 노동 실적을 요구하고 얼굴 없는 새로운 현실을 창조해냄으로써 처음부터 어떠한 회고도 용인하지 않았으며 국민 모두에게 미래지향적일 것을 강권했고, 그들이 겪었던 일에 대한 완전한 침묵을 강요했다. 한 세대가 채 지나지도 않은 시대에 대한 독일인들의 증언은 너무도 빈약하고 산재한 탓에, 한스 마그누스 엔첸스베르거는 1990년에 발간한

* IG-Farben, 1925년 설립된 카르텔 기업. 독일이 치른 양차대전에서 전쟁의 피를 먹고 성장한 탓에 '죽음의 상인'이라는 별명을 얻었다.

Frankfurt am Main — Blick zum Römer 1947

FRANKFURT – GESTERN + HEUTE

Blick zum Römer 1987

르포르타주 『폐허가 된 유럽』에서 오직 외국의 언론인과 작가만을, 그것도 특이하게 그때껏 독일에서는 전혀라고 할 정도로 알려지지 않았던 자료들을 동원하여 인용하고 있다. 독일어로 기록된 몇 안 되는 목격담은 당시 망명을 갔던 사람들이나 막스 프리쉬 같은 기타 변방에 있던 사람들에게서 나온 것이다. 전쟁중에 고국에 남았던 자들은, 예컨대 유감스러운 토마스 만 논쟁*에 개입했던 발터 폰 몰로나 프랑크 티스 같은 이들, 즉 남들이 미국 극장의 귀빈석에 앉아 있는 동안 나는 고국에 남아 난세를 견디어냈노라고 당당히 말하던 이들은 파괴의 집행과 결말에 대해서는 말을 아꼈다. 그들은 현실을 사실적으로 묘사하면 연합국 점령군의 신용을 잃게 되지 않을까 특히 두려워했던 것처럼 보인다. 일반적으로 가정하는 바와 달리, 이렇게 동시대적 보고가 부족한 상황은 1947년부터 의식적인 재건 과정에 들어

---

* 발터 폰 몰로가 1945년 9월 4일 국내외 언론을 통해 미국에 망명중이던 토마스 만에게 공개서한을 띄움으로써 촉발된 논쟁. 몰로에 동조한 프랑크 티스는 전시 독일에 남았던 지식인들의 선택을, 1933년 토마스 만의 '내적 망명'이라는 표현을 사용해 규정했다. 이에 만은 9월 28일 '망명은 희생이지 도피가 아니다'라는 요지의 반론을 제기했는데, 이 주장은 오히려 대중의 분노를 샀다.

갔고, 그렇기에 당시의 진정한 실제 상황을 어느 정도 밝혀줄 것이라 기대를 걸어봄직했던 독일 전후문학으로도 해소되지 못했다. 이른바 '내적 망명자'들로 구성된 구세대 작가들이 주로 새로운 이미지를 만들어내는 일, 즉 엔첸스베르거의 논평대로 자유사상과 서구 인문주의적 유산을 끝없이 뒤얽힌 추상적 세계로 불러내는 일에 골몰했다면,[7] 이제 막 전역한 작가들로 구성된 신세대는 감상과 비애로 빈번히 빠져버리는 전쟁 경험 보고에 몰두하느라 도처에서 드러나는 시대의 참상에 눈을 돌릴 여력이 없었고, 그런 면에서 신세대도 구세대와 하등 다를 게 없었다. 심지어 매수되지 않는 현실 감각을 강령으로 내세우고 하인리히 뵐의 문학적 신념을 추종하여 "우리가 (…) 되돌아온 고향에서 발견한 것"[8]을 집중적으로 다루겠다는 사명감으로 충만했던 폐허문학(Trümmerliteratur)도 자세히 들여다보면, 어떤 개념으로도 형용할 수 없는 세계를 은폐하기 위해 개인적이고 집단적인 망각증에 지레 찬동하여, 전의식적으로 일어나는 자기 검열 과정을 따르는 도구였음이 드러난다. 온 나라가 처한 물질적이며 도덕적인 파멸의 실상은, 어느 누구를 가릴 것도 없이 모두가 암묵적으로 동의한 상태에서 서술이 금기시됐던 것이다. 독일 국민 대다수가 함께 경험한 극에 달한 파괴의 참상은 그렇게 일종의 터부에 묶여, 스스로 고백조차 할 수 없는 치욕스러운 가정사의 비밀로 남겨지고 말았다. 1940년대 말에 나온 전체 문학작품 중 하인리히 뵐의 소설 『천사는 침묵했다』[9]만이 유일하게, 당시 폐허에서 실제로 주위를 둘러본 모두를 사로잡았던 그 경악의 깊이에 근접하는 표상을 전달해준다. 이 책을 읽다보면, 가망 없는 우울로 각인된 듯한 이 소설이 어째서 무려 오십 년이 지난 1992년에야 출판되어야 했는지 이내 깨닫게 된다. 당시 출판사는 당대 독자들에게 이 소설을 읽혀서는 안 된다고 보았고, 뵐도 그렇게 믿었던 듯하다. 실제로 곰페르츠 부인의 사투를 묘사한 제17장에는 오늘날 읽어도 쉽사리 떨쳐버릴 수 없는 뿌리깊은 불가지론이 등장한다. 그 검은 피, 끈적이며 굳어가는 피, 죽어가는 자의 입에서 이쪽으로 벌컥 쏟아지는 피, 여인의 가슴에 퍼져 침대보를 물들이고 침대 가장자리를 넘어 바닥으로 떨어진, 번져가며 고인 피, 뵐의 강조처럼, 잉크같이 매우 까만 그 피는 생존 의지에 반하는 나태한 심장(acedia cordis)의 상징이자, 독일인이라면 그 종말의 순간에 빠

겨들 수밖에 없는 음침하고 불가항력적인 우울증의 상징이었다. 하인리히 뵐 이외에, 외적이며 내적인 파괴에 선포된 이 금기에 과감히 도전하려 했던 작가는 헤르만 카자크, 한스 에리히 노사크, 아르노 슈미트, 페터 드 멘델스존 같은 소수를 제외하고는 없다. 그러나 앞으로 더 설명되어야 하겠지만, 이들 대부분의 작업은 오히려 미심쩍은 방식으로 이루어졌다. 마찬가지로 전쟁사가나 향토사가들이 훗날 독일 도시의 붕괴를 기록하기 시작했을 때에도 그들이 그려낸 우리 역사의 참혹한 한 장*이 민족의식의 경계를 제대로 넘어선 적이 없다는 사실에는 변함이 없다. 보통은 거의 알려지지 않은 출판사에서 발간되곤 했던 이러한 출판물들—예를 들어 1978년 슈투트가르트의 모토어부흐 출판사에서 나왔던 한스 브룬스비히의 『함부르크 하늘의 화염폭풍』 같은 책—은 특이하게도 자기 연구대상에 아무런 감응을 느끼지 않는 편집물이었다. 이런 책들은 일차적으로는 일반적 상식에 맞지 않는 지식을 개조하거나 제거하는 데는 기여하지만, 섬멸전으로부터 별다른 정신적 손상도 입지 않고 탄생한 듯한 공동체의 경탄할 만한 자기 미화 능력을 더 정확하게 이해하고자 노력하는 데에는 도움이 되지 않는다. 독일 민족이 정신적 삶에서 극심한 혼란을 거의 겪지 않고 있다는 것은, 새로운 독일 사회가 과거의 경험을 완벽히 기능하고 있는 억압의 메커니즘에 넘겨주었다는 점을 시사한다. 그 억압의 메커니즘은 이 새로운 독일 사회가 모든 것을 박탈당한 폐허에서 생겨났다는 사실은 인정하되, 동시에 독일인들의 감정체계 전반에서 그 사실을 완전히 털어버리도록 움직이고 있다. 심약의 징후를 일절 내보이지 않은 채 모든 것을 성공적으로 이겨냈음을 또다른 영광의 시기로 기록하게 만들어주지는 않는다고 할지라도 말이다. 엔첸스베르거는 "독일인들이 결점을 미덕으로 상승시켜버렸다는 통찰을 거부하려 든다면, 독일인들의 그 신비한 에너지"를 파악할 수 없다고 지적한다. "의식의 상실 상태가 그들의 성공 조건이었다"는 것이다.[10] 독일의 경제 기적은 마셜플랜의 막대한 투자금, 냉전의 발발, 이미 낡을 대로 낡은 산업시설을 폐기 처리해준 폭격기 편대의 무자비한 효율성 같은 것만을 전제로 해서 이루어졌던 것이 아니다. 독일 경제의 기적은 전체주의 사회에서 습득한 맹목적 노동윤리, 사면초가의 상황에서 경제가 익힌 물류의 순발력, 이른바 외국인 노동력의 투입 경험을 전제로 했으며, 더불어 1942년에서 1945년 사이에 뉘른베르크, 쾰른, 프랑크푸르트, 아헨, 브라운슈바이크, 뷔르츠부르크에서 수백 년 된 주택과 상가와 함께 화염 속에 사라진 묵직한 역사의 무게, 결국 소수의 사람만이 안타까워하는 그러한 손실까지 전제로 했던 것이다. 이런 것들은 경제 기적의 기원 중 그나마 식별 가능한 요소들이다. 하지만 경제 기적의 촉매로 작용한 것은 순수한 비물질적인 차원이었다. 그것은 오늘날까지 마르지 않는 심리적 에너지의 흐름으로, 그 원천은 우리의 국가가 파묻힌 시신들 위에 세워진 것이라는 모두가 비호하는 기밀이다. 그 기밀은 종전 이후의 독일인들을 하나로 묶어주었고, 오늘날에도 여전히 민주주의의 실현 같은 그 어떤 긍정적인 목표 설정이 성취했던 것보다 더 강하게 독일인들을 묶어주고 있다. 이런 맥락을 바로 지금 상기하는 것이 잘못된 일은 아니리라. 두 번이나 실패한 위대한 유럽 만들기 사업이 새로운 단계에 접어들고, 독일 화폐의 영향 범위가—역사는 반복되는 법이다—1941년의 나치스 독일군이 점령했던 그 지역으로 상당히 유사하게 확장되는 바로 지금 이때에 말이다.

무제한 공중폭격 계획은 1940년 영국 왕립공군 부대의 지원을 받기 시작하여 1942년 2월 어마어마한 규모의 인력과 국방비를 투입하여 실행되었다. 그러나 이 계획이 어떻게 전략적으로나 도덕적으로 정당화될 수 있었는가 하는 가능성과 당위성의 문제는, 내가 알기로는 1945년 이후 수십 년이 지나도록 독일에서 한 번도 공론화의 대상으로 부각되지 않았다. 무엇보다 수용소에서 수백만의 사람을 학살하고 죽도록 착취했던 민족이, 승전국에게 자국 도시의 파괴를 명령한 군사정치적인 논리가 무엇이었는지 밝히라고 요구하기가 어려웠던 것이 그 이유일지 모른다. 게다가 적지 않은 사람들이, 예를 들면 함부르크 몰락에 대한 한스 에리히 노사크의 묘사가 암시하는 것처럼, 그 명백한 광기 앞에 무기력함을 느끼고 쓰라린 분노를 품었음에도, 그 거대한 화염을 한층 높은 심급이 가하는 보복 행위로는 아니더라도, 정당한 징벌로 여겼을 것이란 사실도 배제할 수 없다. 하늘에서 이루어진 연합군의 가학적인 테러 공격과 야만적인 깡패짓을 한결같은 취지로 떠들어대던 나치스 언론과 제3제국 방송을 제외하면, 연합군이 벌인 수년간의 파괴전에 원망과 탄식을 쏟아낸 이는 없었던 것이다. 여러 곳에서 보고된 바, 오히려 독일인들은 모종의 매혹을 느끼며 눈앞에 벌어지는 파국을 조용히 대면했다. 노사크는 "이제 친구와 적을 구분하듯 그렇게 사소한 차이를 따지는 때는 지났다"[11]라고 썼다. 독일인 대부분이 자신의 도시가 붕괴되는 사건을 거역할 수 없는 숙명으로 느끼고 수동적으로 반응했던 것과 달리, 영국 내에서 이 파괴정책은 처음부터 첨예한 논란의 불씨였다. 솔즈베리 경과 치체스터의 주교 조지 벨, 그리고 상원뿐 아니라 더 광범위한 여론도 애당초 이 공격작전이 문명화된 국민을 겨냥하고 있다는 것 자체가 전쟁법상으로나 도덕상 견지될 수 없다는 비난을 계속해서 절박하게 가했다. 또한 작전을 책임진 영국군 지휘부도 이 새로운 전쟁방식을 가늠하는 데 있어 분열된 입장을 보였다. 이 파괴전을 평가하는 문제에 처음부터 따라다녔던 상반된 반응은 독일이 무조건적으로 항복하자 더욱 두드러졌다. 융단폭격이 일으킨 파장에 대한 자료와 사진이 나오기 시작하면서 이른바 맹목적으로 저지른 일에 대한 반감도 커졌던 것이다. 그러나 "평화의 수호라는 면에서 보면(in the safety of peace)," 영국 언론인 맥스 헤이스팅스가 서술한 대로 "이차대전중 행한 폭격은 많은 정치가와 시민이 차라리 망각하는 게 낫다고 여겼던 사건이었다(the bombers' part in the war was one that many politicians and civilians would pre-fer to forget)."¹² 마찬가지로 역사적인 회고에서도 이 윤리적 딜레마에 대한 명쾌한 해명을 찾을 수 없다. 여러 교섭단체가 비망록상에서 여전히 공방을 벌이고, 사실을 사심 없이 공정히 기록하려 애쓰는 역사가들도 그 엄청난 사업을 조직한 것에 대해서는 경탄을 하기도 하고 비이성적으로 마지막까지 무자비하게 실행된 그 작전의 무상함과 무책임에 대해 비판을 하기도 하면서 그 판단을 망설이고 있다. 이른바 지역폭격(area bombing) 전략은 1941년 영국이 처해 있던 극한의 상황에서 나온 것이었다. 당시 독일은 그 세력이 최절정에 달해, 독일 육군은 전 유럽 대륙을 점령했으며 아프리카와 아시아까지 밀고 들어갈 기세였고, 그 어떤 현실적인 개입 가능성도 내주지 않으면서 영국인들을 섬나라의 고립된 운명에 빠뜨리려 했다. 이런 암울한 전망을 목전에 두고 처칠은 비버브룩 경에게 〔정면 대결을 피하는〕 히틀러를 다시 전면전으로 불러들이게끔 종용할 단 한 가지 방법이 있다고 서신을 보냈다. "그 방법이란 바로 이 나라에서 아주 육중한 폭격기들을 띄워 나치스 본국을 완전히 파괴하여 끝장내는 공격입니다(and that is an absolutely devastating exterminating attack by very heavy bombers from this country upon the Nazi homeland)."[13] 물론 그 작전에 필요한 조건들이 당시에는 하나도 갖추어지지 않았다. 생산 기반, 비행장, 폭격수 훈련 프로그램, 효과적인 폭발물, 새로운 비행 시스템도 부족했고, 이들을 활용할 수 있는 경험도 거의 없었다. 당시의 전반적인 상황이 얼마나 절박했는지는 1940년대 초에 진지하게 추진된 괴상한 계획들을 보면 알 수 있다. 예컨대, 추수를 방해할 목적으로 끝이 뾰족한 쇠말뚝들을 들판에 투하하는 것이 고려됐는가 하면, 망명자 출신의 빙하학자 막스 페루츠는 '하박국 프로젝트' 관련 실험에 몰두했는데, 이 프로젝트는 파이크리트*라 불리는 일종의 인공 강화얼음을 개발해 물에 뜨는 거대한 항공모함을 만들려는 계획이었다. 당시 이에 맞먹는 환상적인 시도들로는 비가시광선 방어망을 구축하는

---

* pykrete. 물과 나무 섬유를 8대 2의 비율로 혼합한 얼음 블록으로, 하박국 프로젝트의 창안자 제프리 파이크(Geoffrey Pyke)에서 따온 명칭이다.

계획이나, 루돌프 파이얼스와 오토 프리쉬가 버밍엄 대학에서 원자폭탄 제조를 위해 시도한 복잡한 계산들이 있다. 이렇게 거의 불가능에 가까운 아이디어들이 나오는 판국이었으니, 이보다 훨씬 쉽게 시행할 수 있는 지역폭격 전략이 조준 능력은 낮을지언정 적국을 종횡무진하며 유동 전선을 형성할 수 있다는 장점 덕에 관철되어, 1942년 2월에 "적국의 도시 주민들, 특히 산업노동자들의 사기를 꺾으려는 목적(to destroy the morale of the enemy civilian population and, in particular, of the industrial workers)"[14]으로 의회 결의를 거쳐 최종 승인된 것은 당연한 일이었다. 그러나 이 공격 방침은, 지금까지도 계속 주장되는, 폭탄을 대량 투하하여 하루빨리 전쟁을 끝내자는 속전속결의 정신에서 나온 것이 아니었다. 어떻게든 영국이 전쟁에 관여할 수 있는 길은 이런 공격 방침 말고는 없었기 때문이었다. 훗날 무분별하게 추진된 이 파괴정책에 가해진 비판은 (대개 연합군 자체도 사상자가 났다는 관점에서) 주로 다음과 같은 사실, 즉 알베르트 슈페어의 회고처럼[15] 볼베어링 공장, 정유시설과 연료설비, 교통의 교차점과 대동맥 등에 훨씬 더 정교하고 선별적인 폭격을 가해 단기간에 전 생산체제를 마비시킬 수 있었을 텐데도 그렇게 하지 않고 무차별폭격을 지속했다는 사실을 겨냥한다. 또한 폭격에 대한 비난은 다음과 같은 사실도 고려하고 있다. 그렇게 줄기찬 공격을 받았음에도 독일 국민의 사기는 꺾이지 않았으며 산업 생산의 피해도 기껏해야 미미한 정도였고, 전쟁의 종결을 단 하루도 앞당기지 못했다는 사실이 이미 1944년 초에 밝혀졌다는 점이다. 하지만 이런 사실을 알았으면서도 공격의 전략적 목표는 수정되지 않았고, 학교도 채 졸업하지 못한 폭격수들이 100명 중 60명 꼴로 목숨을 잃는 룰렛게임에 줄기차게 투입됐다면, 내가 보기에 여기에는 그럴 만한 이유가, 비록 공식 역사 서술에서 거의 주목하지 않았지만 분명한 이유가 있다. 그 이유로는 먼저, A. J. P. 테일러의 추정에 따르면 폭격사업이 영국 군수물자 생산의 3분의 1을 집어삼킬 만큼[16] 물리적이고 조직적인 차원에서 고도의 자기 역동성을 띠게 되었고, 특히 삼 년간 군수산업과 기반시설이 팽창을 거듭하여 정점에 이른 시기에, 다시 말해 파괴 능력이 최대치에 도달한 바로 그 시기에 단기간에 생산 진로를 변경하거나 생산 규제를 가하기는 어렵다는 점을 들 수 있다. 일단 생산된 자재, 기계, 고가치 화물을 한번 써보지도 않고 영국 동부 비행장에 방치한다는 것은 건전한 경제본능을 거스르는 일이었다. 그 외에도 공습을 지속한 결정적인 이유는 영국의 사기 진작에 필수적인 선전 가치에 있었다. 날마다 영국 신문에 등장했던 체계적 파괴작업에 관한 보도들은, 그것이 없었다면 대륙의 적과 접촉할 일이 없던 시기에 엄청난 선전 가치를 보유하고 있었던 것이다. 따라서 이 전략을 계속 고집스럽게 지지했던 폭격부대의 총사령관 아서 해리스 경이 전략 실패가 명백해진 뒤에야 사임한 것 역시 이상한 일은 아니었다. 몇몇 논자는 "일명 폭탄병 해리스가 용케도 처칠에 맞서는 영향력을, 만약 그렇지 않았다면 군림하려 들고 간섭했을 처칠에 대항하여 희한한 영향력을 유지했다(that 'bomber' Harris had managed to secure a peculiar hold over the otherwise domineering, intrusive Churchill)"[17]라고 단언한다. 그 근거는 처칠 수상이 무방비 상태의 도시에 가해진 무차별폭격에 양심의 가책을 느낀다고 여러 차례 밝힌 바 있었음에도, 그 어떤 반박도 제쳐버리는 해리스 경의 기세에 눌려, 그의 표현 그대로 옮기면 "지금 인류를 공포에 빠뜨린 그자들이

집과 가족이 산산이 부서지는 응징의 일격을 겪는 것은 (that those who have loosed these horrors upon mankind will now in their homes and persons feel the shattering strokes of just retribution)"[18] 인과응보라면서 자위하고 말았다는 데에 있다. 실제로 많은 점이 왜 해리스라는 사내가 폭파부대의 수뇌부에 오를 수 있었는지를 보여준다. 솔리 저커먼에 따르면, 그는 파괴를 통한 파괴를 믿었던 사람이고[19] 전쟁의 가장 내적인 원리, 즉 적의 거주지, 역사, 자연환경을 포함한 일체를 가능한 한 완전히 무화無化시키는 일에 적격인 인물이었다. 엘리아스 카네티는 권력이 가장 순수하게 발현되었을 때 드러나는 매혹을, 차곡차곡 늘어나는 권력의 희생자 수와 연결시킨 바 있다. 이런 의미에서 볼 때, 아서 해리스 경의 확고부동한 위치는 그의 무한한 파괴욕에 힘입은 것이었다고 할 수 있다. 해리스 경이 고집스럽게 끝까지 밀어붙인, 줄기찬 파괴공격 계획은 전적으로 단순한 논리의 산물이었다. 그 논리에 반하는, 예컨대 원료공급 차단 같은 실제적인 대안 전략들은 모두 단순한 교란작전에 지나지 않았다. 폭격전은 순수하고도 노골적인 형태로 드러난 전쟁이었다. 그 어떤 이성에도 반하는 전쟁의 전개에서 우리가 읽어낼 수 있는 것은, 일레인 스캐리가 뛰어난 통찰력을 보여준 자신의 책 『고통받는 신체』에서 썼듯이, 전쟁의 희생자는 이를테면 그 어떤 성질의 목적 때문에 거리로 끌려나온 이들이 아니라, 말 그대로 그 거리, 그 목적 자체라는 것이다.[20]

독일 도시들의 파괴를 다룬 대다수의 자료는 상이한 영역에 흩어져 있거나 대개 단편적으로 남아 있으며, 이 자료조차 극히 지엽적이고 일방적이거나 엉뚱한 관점에서 비롯된 이상한 경험의 맹목성을 띠고 있다. 예컨대 베를린 공격을 처음으로 생중계했던 영국 국영방송 BBC의 라디오 방송에서 고차원적인 시각에서 사태를 보는 통찰을 기대했던 청취자라면 십중팔구 실망하고 말았을 것이다. 위험이 상존하는 전시 상황임에도 이 야간 취재에서 실제로 보도할 만한 사건은 일어나지 않았기에, 기자 윌프레드 본 토머스는 최소한의 사실만으로 어떻게든 방송을 해나가야 했다. 그럼에도 그가 이따금 비장한 목소리로 보도하여 방송이 지루하다는 느낌을 주지는 않는다. 우리는 어떻게 랭커스터 중폭격기 몇 대가 어둠이 깔리자 이륙을 시작했고, 곧 하얀 해안

선을 지나 북해를 넘어 영국 밖으로 날아갔는지 듣게 된다. 본 토머스 기자는 "이제, 우리 바로 앞에는(Now, right before us)"이라고 하더니, 떨림이 감지되는 목소리로 "암흑과 독일이 놓여 있습니다(lies darkness and Germany)"라고 말을 잇는다. 캄후버 방어선의 제1야간 포열에 닿을 때까지 비행하는 동안, 당연히 이 비행을 축약해서 전달해야 하는 방송에서는 폭격기 승무원들 소개가 이어진다. 항공기관사 스코티는 전쟁 전에는 글래스고의 영화관 영사기사였다. 스파키는 폭격수, 코널리는 "조종사로, 호주 브리즈번 출신(the navigator, an Aussie from Brisbane)"이다. 그리고 "동체 상부 사수는 전쟁 전에 광고업에 종사했고, 후방 사수는 서식스의 농부였다(the mid-upper gunner who was in an advertizing before the war and the rear gunner, a Sussex farmer)." 기장은 익명으로 남아 있다. "우리는 이제 바다를 무사히 건너 적의 해안을 계속해서 주시하고 있습니다(We are now well out over the sea and looking out all the time towards the enemy coast)." 이런저런 관찰과 기술상의 지시가 교환된다. 이따금 대형 모터의 굉음도 들린다. 도시에 접근하자 잇따라 사건이 발생한다. 대공화기가 발사한 예광탄이 뿜어낸 투광기의 빛이 약동하며 전투기를 향해 선회하더니, 야간정찰기 한 대가 피격되어 추락한다. 본 토머스는 이 극적인 절정을 적절하게 강조하고자 "원뿔형의 탐조등 수백 다발이 만들어낸 빛의 장벽(wall of search lights, in hundreds, in cones and clusters)"에 대해 말한다. "빛의 장벽이 전혀 허물어지지 않고 있는데요, 벽 뒤에서 붉은색, 초록색, 파란색으로 맹렬한 빛이 무리지어 빛나고 있고요, 그 위로 무수한 조명탄이 온 하늘을 수놓고 있습니다. 빛 무더기는 도시 자체입니다!(It's a wall of light with very few breaks and behind that wall is a pool of fiecer light, glowing red and green and blue, and over that pool myriads of flares hanging in the sky. That's the city itself.) (…) 이제 완전히 적막해진 것 같네요(It's going to be quite soundless)." 본 토머스는 계속 이어간다. "우리 전투기 굉음이 모든 것을 집어삼키고 있습니다. 우리는 세상에서 가장 거대하고 적막한 불꽃놀이 쇼 한복판을 향해 곧장 날아가고 있습니다. 자, 이제 베를린에 폭탄을 떨어뜨릴 겁니다(the roar of our aircraft is drowning everything else. We are running straight

into the most gigantic display of soundless fireworks in the world and here we go to drop our bombs on Berlin)." 하지만 이 서막 뒤에 이어지는 것은 없다. 그저 모든 것이 너무나 휙 하고 일어났을 뿐이다. 전투기는 이미 목표지를 떠나서 되돌아가고 있었다. 갑자기 수다가 터지며 전투기 대원들의 긴장이 풀린다. "그만 좀 떠들어(Not too much nattering)"라고 기장이 경고한다. "하느님 맙소사, 저건 젠장할 멋진 쇼로 보이는데(By God, that looks like a bloody good show)"라며 여전히 한 사람이 떠든다. "내가 본 것 중 최고야(Best I've ever seen)"라고 다른 하나가 맞장구친다. 어느 정도 시

간이 지난 뒤에 또다른 사람이 조금 더 나지막하게, 거의 일종의 경외감을 갖고 말한다. "저 불 좀 봐, 맙소사 (Look at that fire, oh boy)!"[21] 이렇게 큰 화재가 당시에는 얼마나 많았는지 모른다. 나는 예전에 전투기 폭격수로 복무했던 이에게 이런 이야기를 들었는데, 그가 쾰른을 이미 빠져나와 네덜란드 해안 위를 날고 있었는데도, 앉은 자리 뒷면 유리를 통해 여전히 불타고 있는 쾰른이 보였으며, 그 불은 활기 없이 떨어지는 혜성의 꼬리처럼 암흑 속에서 불티를 내고 있었다고 했다. 그와 같이 에를랑겐과 포르히하임에서도 뉘른베르크가 불타는 모습이 보였을 것이고 하이델베르크의 높은 곳에서도 만하임과 루트비히스하펜 하늘 위로 치솟은 불빛이 보였을 것이다. 헤센 주의 한 귀족은 1944년 9월 11일 밤, 자신의 집 정원의 외곽에서 15킬로미터 떨어진 다름슈타트를 내다보고 있었다. "불빛이 자라고 자라나 남쪽 하늘 전부를 빨갛고 노랗게 번쩍이며 달굴 때까지."[22] 체코 테레진의 작은 요새에 수감되어 있던 어떤 이는, 불타는 드레스덴 위로 시뻘겋게 달아오르는 반조返照가 70킬로미터 떨어진 수용실 창에서도 분명히 보였고, 폭탄이 떨어지는 둔중한 소리가 마치 누군가가 아주 가까이에서 100파운드짜리 자루를 지하실에 던져 놓는 것처럼 들렸다고 회고한다.[23] 프리드리히 레크는 나치스를 비판하는 국가 전복적인 발언을 했다는 이유로 종전 직전에 파시스트들에게 끌려가 다하우 수용소로 이송된 뒤 그곳에서 티푸스로 세상을 떠난 의사이자 소설가로, 그는 진실된 시대 증언을 담은 아주 귀중한 가치를 지닌 일기에, 1944년 7월 뮌헨이 공중폭격을 당했을 때 알프스 인근 킴가우 지역까지 땅이 흔들렸고 그 압력의 파동으로 창문이 깨졌다고 기록했다.[24] 이것이 전 나라를 휩쓴 재앙의 불가해한 징후였지만, 이 파괴의 종류와 규모가 어떠했는지 더 정확한 것을 알아내기란 그리 간단한 일은 아니었다. 눈과 귀를 닫아버리고 싶은 마음이 알고자 하는 욕망을 용납하지 않았던 것이다. 어마어마한 거짓 정보가 유포되어 있기도 했고, 실제 사실들이 우리가 이해할 수 있는 능력을 넘어서 있기도 했다. 함부르크 시에만 20만 구의 시신이 누워 있다는 이야기가 돌았다. 레크는 전부 다 믿을 수 있는 것은 아니라고 적었다. 왜냐하면 그는 "함부르크 피난민들의 극히 당황한 정신 상태와 (⋯) 기억상실에 대해서, 또 집이 붕괴되던 순간에 잠옷 차림으로 가까스로 빠져나온 사람들이 얼마나 갈팡질팡했는지"[25] 등을 숱하게 들었기 때문이다. 노사크 역시 비슷한 이야기를 한다. "처음 며칠 동안은 정확한 정보를 얻을 수 없었다. 사람들이 하는 이야기의 세부사항들은 전혀 맞아떨어지지 않았다."[26] 경험의 충격 속에서 기억력이 부분적으로 중단되었거나 자의적 틀에 따라 보상적으로 작동했던 것 같다. 재앙을 겨우 모면한 사람들은 신뢰할 수 없는, 반쯤은 눈이 먼 목격자들이었던 것이다. 알렉산더 클루게는 1970년경에야 집필한 이른바 **무차별폭격**이 끼친 영향을 주로 탐구한 「1945년 4월 8일의 할버슈타트 공습」이라는 글에서 미국의 한 군사심리학자를 인용하는데, 그 심리학자는 전후에 할버슈타트 지역의 생존자들과 면담을 하면서, "그 주민들은 이야기하고자 하는 열의를 타고난 사람들인데도 무언가를 기억해내는 심리적 능력을 파괴된 도시 면적의 규모만큼 상실해버린 것 같았다"는 인상을 받았다고 말한다.[27] 실존 인물의 의견이라고 주장하는 이 진술이 사실은 클루게의 유명한 유사 다큐멘터리 기법에 불과한 것이라 해도, 그렇게 식별된 증후군에는 모종의 진실이 담겨 있다. 목숨만 겨우 부지하고 탈출한 사람들의 보고에는 으레 비일관적인 무언가가, 즉 정상적 기억의 심급과 합치될 수 없는 특유의 변덕스러운 특질이 달라붙게 되어, 그 보고가 지어낸 이야기이거나 통속적인 이야기라는 인상을 자아내는 면이 있다는 것이다. 그런데 이런 목격담들의 비진실성은 목격담에 많이 사용되는 상투적인 어법에서도 기인한다. 극한적인 불의의 사태가 불러일으킨, 완전한 파괴라는 납득하기 어려운 현실은 "불길의 먹이"니 "운명적인 밤"이니, 또는 "활활 타올랐다"느니 "지옥이 시작되었다"느니, 아니면 "우리는 생지옥을 목도했다"거나 "독일 도시들의 끔찍한 운명" 같은 상투적인 표현들 뒤에 가려 흐릿해져버린다. 이런 표현들은 이해력을 넘어서는 현실을 차폐하고 희석시키는 기능을 한다. 클루게가 인용한 미국의 연구가가 할버슈타트뿐만 아니라 프랑크푸르트, 퓌르트, 부퍼탈, 뷔르츠부르크에서도 마찬가지로 마주친, "아름다운 우리 도시에 천재지변 같은 것이 찾아온 저 끔찍했던 날"[28]이라는 식의 표현은 실제로는 기억의 방어기제였던 것이다. 심지어 빅토어 클렘페러가 드레스덴의 종말에 관해 기록한 일기조차 이 언어적 관습이 쳐놓은 테두리 안에 머물러 있다.[29] 드레스덴이 어떻게 붕괴했는지 알고 있는 오늘

날, 그 당시 브륄의 테라스*에 서서 섬광에 둘러싸여 불
타는 시가지의 파노라마를 보았던 자가 제정신으로 그
도시를 도망쳐나왔다고 하는 진술은 매우 개연성이 떨
어져 보인다. 생존자 증언 대부분에서 정상 언어가 손
상되지 않고 계속 작동하는 듯이 보인다면, 그 증언에
담긴 경험의 진위를 의심하게 될 것이다. 몇 시간 만에
한 도시의 모든 건물과 나무, 주민과 가축, 살림살이,
집기, 갖가지 시설물이 모조리 타버린 도시 전체의 파
멸에서 겨우 목숨만 부지해낸 사람들의 사고와 감정의
작동 능력은 어쩔 수 없이 과부하가 걸리고 마비될 수
밖에 없다. 따라서 개별 증언은 제한된 가치만 있을 뿐
이며, 총괄적이고도 정교한 시선 아래 그 내용을 보완
할 필요가 있는 것이다.

1943년 한여름, 무더위가 오래 지속되는 동안 영국
공군은 미국 제8공군의 지원을 받아 함부르크를 연속적
으로 폭격했다. '고모라 작전'이라 불린 이 프로젝트의
목적은 그 도시를 가능한 한 완전히 파괴하고 잿더미로

---

* 엘베 강이 내려다보이는 드레스덴 시내의 전망 좋은 난간뜰.

만드는 것이었다. 7월 28일 밤 새벽 1시에 개시된 공격에서 1만 톤의 파쇄폭탄과 화염폭탄이 엘베 강 동쪽의 거주 밀집지역, 하머브룩, 함노르트와 함쥐트, 빌베르더 아우스슐라그를 비롯하여 장트게오르크, 아일베크, 바름베크, 반즈베크 구역을 포함한 지역에 투하되었다. 이미 검증된 수법에 따라 먼저 4,000파운드의 폭탄이 창과 문을 일제히 박살내어 문틀에서 떼어냈으며, 가벼운 소이탄이 지붕에 불을 지르는 동안, 15킬로그램까지 나가는 화염폭탄이 최저 지하층까지 뚫고 들어갔다. 몇 분 만에 약 20제곱킬로미터 크기의 공격지대 사방에서 거대한 불이 붙기 시작하더니 첫 폭탄이 투하된 지 십오 분이 지나자 불길은 이미 눈앞의 온 하늘을 화염으로 뒤덮을 만큼 그렇게 삽시간에 번졌다. 또다시 오 분이 더 지나 새벽 1시 20분이 되자 그때까지 어느 누구도 가능하리라고 생각지 못했던 강도의 화염폭풍이 일어났다. 불은 그런 막강한 힘으로 2,000미터 상공까지 치솟아올라 주변의 산소를 빨아들였으며, 엄청난 강도의 돌풍을 일으켰고 마치 한꺼번에 모든 음전音栓이 다 당겨진 육중한 오르간처럼 우르렁거렸다. 불은 그렇게 세 시간 내내 타올랐다. 절정에 이른 화염폭풍은 박공과 지붕을 날려버렸고 대들보며 벽보판을 공중에 소용돌이치게 했으며 나무들을 송두리째 뽑아버렸고 인간들을 살아 있는 횃불처럼 들고 전진했다. 무너져내리는 건물 전면을 따라, 집채 같은 불길이 솟아올라 마치 홍수처럼 시속 150킬로미터의 속도로 거리를 곧장 굴러가더니 드넓은 광장 위에서 기이한 리듬으로 뱅글뱅글 돌며 불의 왈츠를 추었다. 일부 운하에서는 물도 끓어올랐다. 노면전차에서는 유리창이 녹아내렸고, 빵집의 지하실에서는 비축된 설탕이 끓었다. 지하 방공호에서 도망쳐나온 사람들은 찐득찐득한 거품을 내며 녹아내리는 아스팔트 속으로 기괴하게 발을 절룩거리며 쓰러져갔다. 얼마나 많은 사람이 이 밤에 죽어갔는지, 아니면 얼마나 많은 사람이 죽음이 그들을 채가기 전에 미쳐갔는지 누구도 정확히 몰랐다. 아침이 밝았지만 한여름 햇빛도 도시를 덮은 납빛 어둠을 뚫지 못했다. 8,000미터 높이까지 연기가 솟아올라 그곳에서 거대한 모루 모양의 적란운처럼 퍼져나갔다. 폭격기 조종사들이 기체 내벽을 통해 느껴졌다고 보고한 요동치던 열기는 연기가 일고 한껏 달아오른 돌무더기에서 한참 발산되었다. 총 200킬로미터 길이로 늘어선 거주지는 남김없이 파괴되었다. 도처에

끔찍하게 뒤틀린 시체들이 널려 있었다. 여전히 푸르스름한 인광이 깜빡이는 시체도 있었고 거무스름하게 타버려 원래 크기의 3분의 1로 쪼그라든 시체들도 있었다. 일부는 이미 식어 군은 자기 몸의 지방 웅덩이에 엉겨붙어 있었다. 폭격이 끝난 며칠 뒤 바로 봉쇄 구역으로 선포된 죽음의 지대 안쪽에서는, 폐허지의 열기가 어느 정도 가신 8월에 접어들어 징역대와 수감자들이 식은 잔해들을 치우는 소개작업을 시작했을 때, 일산화탄소에 중독되어 여전히 책상이나 벽에 기대앉아 있는 사람들이 발견되었고, 다른 쪽에서는 난방용 보일러 폭발로 터져나온 끓는 물에 삶아져 덩이진 살과 뼈, 혹은

산처럼 쌓인 시체들이 무더기로 발견되었다. 또다른 이들은 섭씨 1,000도 이상 올라간 열기 속에서 숯이 되고 재가 되어버려서, 생존자들이 가족의 유해를 빨래바구니 하나에 다 담아갈 수 있을 정도였다.

함부르크에서 일어난 생존자들의 대탈출은 공습이 개시된 당일 밤에 이미 시작되었다. 노사크는 "사방팔방 모든 거리에서 끝없는 차량 행렬이 (…) 어디로 향하는지 알지도 못한 채"[30] 꼬리에 꼬리를 물기 시작했다고 썼다. 제국의 가장 외진 곳까지 125만 명에 달하는 피난민들이 흘러들어갔다. 프리드리히 레크는 앞서 인용한 바 있는 1943년 8월 20일 일기에서, 오버바이에른 지역의 어느 철도역에서 기차를 타려고 몰려든 사오십명에 이르는 피난민들에 대해 이야기한다. 사람들이 뒤엉키던 와중에 판지로 만든 가방 하나가 승강장에 떨어져 "박살이 나 그 안에서 소지품이 튀어나왔다. 장난감, 손톱깎기 세트, 불에 그슬린 빨래, 그리고 마지막으로 불에 타 미라처럼 쪼그라든 어린아이 시체가 나왔다. 반쯤 정신나간 여자가 그 시신을 며칠 전만 해도 온전했던 과거의 성유물로 챙겨왔던 것이다."[31] 레크가 이 참혹한 장면을 꾸며냈다고는 여겨지지 않는다. 독일 전역에서 함부르크 몰락에 대한 끔찍한 소문이, 신경증적 생존 의지와 둔중한 무감각 사이에서 오락가락하는 당황한 난민들의 입을 통해 퍼져나갔을 것이다. 적어도 레크의 일기는, 정확한 정보를 전부 차단한 언론 통제 속에서도 독일 도시가 어떻게 처참히 파멸해갔는지 아는 일이 완전히 불가능하지는 않았음을 증명한다. 레크는 일 년 뒤, 뮌헨이 마지막 대폭격을 당한 후에 막시밀리안 광장에 진을 친 수만 명의 인파에 대해서도 보고한다. 그는 이렇게 썼다. "가까운 제국 고속도로에는 난민들의 끝없는 행렬이 (움직이고 있었고), 쇠약해진 할머니들이 긴 막대기에 마지막 남은 소지품이 든 보따리를 묶어 걸머지고 다녔다. 그을린 옷을 입은 가련한 실향민들의 눈에는 그 불길의 소용돌이와 모든 것을 집어삼킨 폭발이 준 경악감, 어느 지하실에 매몰되거나 치욕스럽게도 질식당하는 것에 대한 공포가 고스란히 남아 있었다."[32] 여기서 주목해야 할 것은 이러한 기록 자체가 드물다는 것이다. 실제로 어떤 독일 작가도, 단 한 명의 예외인 노사크를 제외하고는, 그렇게 장기간 어마어마한 규모로 자행된 파괴전의 진행 과정과 파급효과에 대해 뭔가 구체적인 실상을 문서로 남기려고 했거나 남길 수 있다고 여긴 것 같지 않다. 전쟁이 끝났을 때도 상황은 마찬가지였다. 승자에 대한 치욕감과 반항심으로 말미암아 나타나는, 사실상 자연스러워 보이는 반응은 침묵하고 외면하는 것이었다. 1946년 가을 스웨덴 신문 『엑스프레센』의 독일 특파원으로 취재중이던 스티그 다게르만은 함부르크에서 기차를 타고 보통 속도로 십오 분간 함부르크의 한 구역인 하셀브룩과 란트베어 사이의 달밤 풍경을 가로질러 가면서, 이 거대한 지대, 전 유럽에서 가장 소름끼치는 그 폐허의 들판에서 단한 사람도 보지 못했다고 썼다. 다게르만이 기록하기를, 이 열차도 독일의 여느 열차와 마찬가지로 승객들로 가득했으나 그 누구도 창밖을 내다보지 않았다고 했다. 또한 그가 창밖을 내다보았기 때문에 사람들은 그가 외국인임을 알아챘다고 했다.[33] 『뉴요커』에 기고하던 재닛 플래너도 쾰른에서 유사한 관찰을 했다. 그녀가 쓴 르포에 따르면, "쾰른, 그 도시는 고철더미에 묻혀, 완전히 파괴된 자연의 고독 속에서 (…) 그 어떤 형상도 결여한 채, (…) 자기 강변에 (기대어 있다.)" 계속해서 읽어나가면 이렇다. "그 도시의 생명에서 잔여로 남은 것, 그것이 고철더미로 뒤덮인 거리를 뚫고 힘겹게 투쟁한다. 수가 급감한 시민들은 검은 옷을 입은 채—그 도시처럼 말이 없다."[34] 이 말 없음, 이 닫아버리고 회피하는 상태가 바로 우리가 1942년에서 1947년에 이르는 그 오 년 동안 독일인이 대체 무엇을 생각했고 무엇을 보았는지에 대해 왜 그토록 거의 아무것도 모르고 있었는지에 대한 이유이다. 그들이 살던 그 폐허는 알려지지 않은 전쟁의 땅으로 남아버렸다. 솔리 저커먼은 이 결락을 감지하고 있었던 듯하다. 가장 주효한 공격전략을 논의하는 데 관여했거나 **지역폭격**의 파장에 전문적인 관심을 가졌던 사람들처럼, 저커먼에게도 파괴된 쾰른이 가장 먼저 눈에 들어왔다. 그는 런던으로 돌아갈 때까지도 자신이 본 것에 사로잡혀 있었고, 당시 『호라이즌』의 주간이었던 시릴 코널리에게 그 자신이 명명한 「파괴의 자연사에 대하여」라는 제목의 보고문을 쓰겠노라고 약속했다. 저커먼 경은 수십 년 후에 집필한 자서전에서 이 계획을 실행에 옮길 수 없었다고 밝혔다. 그가 말하기를, "쾰른에서 받은 첫인상은 지금껏 내가 쓴 그 어떤 글보다 훨씬 더 설득력 있는 작품을 부르짖고 있었다(My first view of Cologne cried out for a more eloquent piece than I could ever have written)."[35] 1980년대에 나는 저커먼 경에게 다시 한번 이 일에 대해 물어본 적이 있는데, 그는 당시에 무엇을 쓰려고 했는지 이제 자세히 생각나지 않는다고 했다. 다만 돌무더기 가운데 우뚝 솟아 있던 검은 쾰른 성당의 형상과 어느 잔해 위에서 보았던 절단된 손가락 마디 하나가, 아직도 그의 머릿속에 선명히 남아 있었다.

2

무엇으로 파괴의 자연사를 시작해야 할까? 대규모 공중폭격의 시행을 위한 기술적·조직적·정치적 전제들을 개관하면서, 아니면 그때까지 알려지지 않았던 화염폭풍이라는 현상을 과학적으로 서술하면서, 혹은 특징적인 사망 유형을 병적학적으로 기록하면서, 아니면 도피본능과 귀소본능을 행동심리학에 입각해 연구하는 것으로 시작해야 할까? 노사크는 함부르크 공습 직후 "모든 것을 조용히 불가항력적으로 휩쓸며" 작은 실개천을 따라 불안을 싣고 가장 외진 마을까지 흘러들어온 인파가 머물 곳은 어디에도 없었다고 했다. 노사크가

계속해서 말하기를, 이 난민들은 어딘가 묵을 곳을 찾
자마자 또다시 길을 찾아나섰고, 그 목적이 피난을 지
속하려 한 것이든, 아니면 함부르크로 되돌아가 "뭔가
를 더 구해내오거나 아니면 친지들을 찾아보려" 한 것
이든, 아니면 범인이 범행 장소를 다시 찾는 것과 같은
그런 음험한 이유에서든, 이 피난민들은 쉼 없이 옮겨
다녔다고 했다.[36] 나중에 하인리히 뵐은 이런 집단적 뿌
리 상실의 경험, 어디서도 더는 머무를 수 없고 항상 다
른 어딘가로 가야 할 것 같은 느낌에서 독일인의 여행
중독이 비롯됐을 것이라고 추측하기도 했다.[37] 피폭당
한 주민의 피난과 역피난 움직임은 행동학적으로 보면
이 재앙 이후 수십 년에 걸쳐 형성될 유동사회로 진입
하기 위한 예행연습 같은 것이었는지 모른다. 그 유동
사회의 지원을 등에 업고, 이제 만성적인 동요 상태는
하나의 기본 덕목이 되었다.

　넋이 나간 사람들의 움직임을 제외하면, 초토화 공격
이후 몇 주 사이에 도시의 자연적 질서 속에서 생긴 가
장 눈에 띄는 변화는, 수습되지 않은 시체에 번식한 기
생물들이 도시를 단번에 장악했다는 사실이다. 이를 보
고하거나 논평한 자료가 유독 드문 까닭은 어떤 침묵의

금기 탓이라 풀이할 수 있는데, 유럽 전역에 청결과 위생을 퍼뜨리고자 했던 독일 민족이 사실은 쥐 일족이었다는, 내면에서 솟구치는 그 공포에 저항해야 했음을 떠올려본다면, 왜 이런 금기가 생겼는지 더 잘 이해할 수 있을 것이다. 생전에 출판되지 못했던 뷜의 소설에는 폐허의 쥐들이 어떻게 잔해더미에서 냄새를 맡고 거리를 더듬어가는지 묘사하는 대목이 나온다. 그리고 잘 알려져 있다시피 볼프강 보르헤르트는 매몰된 자신의 형 곁을 지키는 어린 동생의 아름다운 이야기에서, 그 아이가 쥐들의 횡포를 견딜 수 있었던 것은 쥐들도 밤에는 잠을 잔다는 확신 덕분이었노라고 쓰기도 했다. 이들을 제외하면 내가 아는 한, 당시 문학에서 이 문제를 다룬 것은 한스 에리히 노사크 소설의 단 한 장뿐이다. 그 부분을 보면, 줄무늬 수의를 입은 죄수들이 "한때 인간이었던 것의 잔해"를 치우는 데 투입되는데, 그들은 그 사지에서 화염방사기를 쏘아야만 방공호에 널브러진 시체들 사이로 길을 낼 수 있었다. 그만큼 수많은 파리가 윙윙거리며 시체 주변에 우글대고 있었고, 지하실의 계단과 바닥은 온통 손가락만 한 미끌미끌한 구더기들로 뒤덮여 있었다. "쥐와 파리가 도시를 지배

했다. 쥐들은 통통하게 살이 올라 뻔뻔하고 신나게 거리를 쑤시고 다녔다. 하지만 더 역겨운 것은 파리떼였다. 커다랗고 녹색으로 영롱한 빛을 내는, 생전 처음 보는 파리들이었다. 파리들은 떼를 지어 보도에 뒹굴거나 무너진 벽에 서로 겹쳐 앉아 교미하거나, 깨진 유리창 조각 위에서 나른하게 몸을 덥혔다. 더이상 날 수 없게 되면 파리떼는 미세한 틈으로 기어들어와 우리 뒤를 따라다니며 모든 것을 더럽혔다. 파리떼가 휙 지나가며 내는 윙윙거리는 소리야말로 우리가 깨어났을 때 처음 듣는 소리였다. 이 소리는 나중에 10월이 되어서야 그쳤다."[38] 평소 어떻게든 억제되어 있던 종들이 번식하는 모습이야말로 폐허의 도시에서는 드문 생명의 기록이었다. 대다수 생존자가 폐허에서 구더기가 생겨나는 역겹기 그지없는 장면을 직접 대면하진 않았다 하더라도, 그들이 가는 곳이면 어디든 파리떼가 따라붙었다. 물론 노사크의 서술처럼, "도시 전체에 깔린 부패와 부식의 (⋯) 악취"[39]는 말할 것도 없었다. 파괴가 일어나고 몇 주 몇 달이 지나는 동안 생존의 혐오에 굴복하고 만 이들의 이야기는 거의 전해진 바 없지만, 적어도 『천사는 침묵했다』의 중심 화자인 한스의 이야기에서 당시를 그

려볼 수 있을 텐데, 한스는 다시 살아가야 한다는 생각에 몸서리치며, 그냥 포기하고 "[지하실] 계단을 내려가 어둠 속으로 사라지는 것"⁴⁰보다 더 자연스럽게 여겨지는 것은 없다고 느낀다. 뵐 소설의 많은 주인공이 수십 년이 흐른 뒤에도 여전히 생의 의지를 결여하고 있다는 것은 특기할 만하다. 성공을 이룬 새로운 세상에서 낙인처럼 따라다니는 그 결핍은 폐허에서 살아남았다는 것이 수치스럽게 느껴지는 실존 감각의 유산이다. 종전 당시 파괴된 대도시에서 얼마나 많은 이가 죽은 듯한 상태에 빠져 있었는지에 관해서는 E. 킹스턴매클러리의 메모가 전해주는데, 집을 잃은 수백만 명이 어마어마한 폐허 한복판에서 갈 곳을 잃은 듯 헤매는 모습은 정말 끔찍하고 스산하기 짝이 없는 광경이었다고 한다. 사람들은 이 많은 사람이 다 어디에 묵는지 알지 못했다. 어둠이 깔리고 그들이 밝힌 불이 폐허 속에서 점점이 드러났을 때도 그것을 알 수 없었다.⁴¹ 우리는 자신이 누리던 문명생활과 역사에서 찢겨져나와 노숙과 채집 단계로 되던져진 어느 낯설고 불가사의한 민족의 공동묘지에 있다. 그러니 한번 상상해보자. "멀리 텃밭 뒤 철둑 너머로 치솟은 (…) 숯덩이가 된 폐허의 도시, 허물

어진 밤하늘의 도시 실루엣."[42] 그 앞에 펼쳐진 낮은 시
멘트빛 고철 산의 풍경, 거대한 구름이 되어 절멸의 땅
을 가로지르는 메마른 붉은 벽돌 먼지, 홀로 쓰레기더
미를 뒤지는 사람 하나.[43] 어딘지도 모르겠는 곳에 있는
전차 정거장, 그곳으로 들어서는 사람들, 그러나 뷜의
묘사처럼 어디서 나타났는지 도무지 알 수 없는 이들,
이들은 언덕에서 바로 솟아난 듯 "보이지도 들리지도
않으며 (…) 이러한 무의 차원에서 온 (…) 행로와 행방
을 알 수 없는 유령들이었다. 그들은 꾸러미니 자루니
상자니 궤짝을 든 형상이었다."[44] 이제 그들과 함께, 그
들이 사는 도시로 되돌아가면 화염으로 폭삭 주저앉아
2층까지 잔해가 수북이 쌓인 건물들이 늘어선 거리가
펼쳐진다. 우리는 바깥에서 (노사크의 표현대로 흡사 원
시림에서 사는 것처럼[45]) 조그맣게 불을 피워올려 음식
을 만들거나 빨래를 삶는 사람들을 보게 된다. 무너지
고 남은 벽 사이로 삐죽 나와 있는 난로 연통, 스멀스멀
퍼져나가는 연기, 머리에 두건을 두르고 부삽을 손에
든 한 노파.[46] 1945년의 조국은, 대개 그렇게 보였던 것
이다. 스티그 다게르만은 루르 지방의 한 도시 지하에
사는 주민의 삶을 지저분한 시래기 채소와 의심쩍은 고

깃덩이를 넣고 끓인 역겨운 음식을 통해 단적으로 보여준다. 또 그는 그 지하 굴을 지배하던 매연, 추위, 기아, 지하실 바닥에 항상 흥건히 고인 물이 스며드는 해진 신발을 신고 기침하는 아이들도 묘사한다. 그리고 부서진 유리창을 슬레이트로 덧대놓은 교실을 묘사하면서, 그 안이 너무나 어두컴컴하여 아이들이 눈앞에 놓인 것도 읽을 수 없었다고 쓰고 있다. 다게르만은 함부르크에서 슈만이라는 남자와 이야기를 나눈 적이 있다고 했는데, 그 남자는 벌써 삼 년째 지하에서 생활하고 있던 은행원이었다. 다게르만은 이런 사람들의 창백한 얼굴이 꼭 숨을 들이마시려고 수면 위로 올라온 물고기 같았다고 했다.[47] 빅터 골란츠가 1946년 가을에 달포 동안 영국 점령지들, 그중에서도 함부르크, 뒤셀도르프, 루르 등지를 돌며 영국 언론을 위해 작성한 일련의 기사들은 영양부족, 온갖 결핍증, 기아부종, 신체쇠약, 피부감염 및 결핵환자 수의 급증에 대한 상세한 정보를 제공한다. 그는 주민들이 깊은 무기력증에 빠져 있으며, 그 무기력증이 대도시 주민들의 가장 두드러진 특징이라고 말한다. "사람들은 너무나 무기력하게 떠돌고 있어서 당신이 차를 몰고 갈 때 그들을 칠 위험이 상존한

다(People drift about with such lassitude, that you are always in danger of running them down when you happen to be in a car)."[48] 패전국에서 골란츠가 보내온 보고 중 가장 경탄할 만한 것은 아마도 독일인들의 망가진 신발에 헌정한 간결한 설명인 '이 한 켤레 장화의 고난(This Misery of Boots),' 아니 그보다는 나중에 이 보도 기사를 책으로 출판하면서 추가한 사진들일 텐데, 그 사진들은 분명 이들 피사체에 사로잡힌 골란츠가 1946년 가을에 따로 촬영을 부탁한 것들이다. 영락의 과정을 매우 구체적인 형태로 보여주는 이러한 이미지

들은 의심의 여지 없이 솔리 저커먼이 생전에 그려보았을 법한 파괴의 자연사에 속한다. 그런 자연사 가운데 하나가 『천사는 침묵했다』에서 파편더미의 번성을 보면 파괴가 일어났던 날짜를 알아낼 수 있다고 화자가 말하는 부분이다. "그것은 식물학의 문제였다. 이 잔해더미는 헐벗은 불모였고, 거친 돌더미, 갓 와해된 벽 (⋯) 어디에도 풀 한 포기 자라지 않았지만, 벌써 나무들이 자라나는 곳이 있었으니 침실과 부엌에서 매력적인 어린 나무들이 자라나기 시작했던 것이다."[49] 전쟁이 끝날 무렵 쾰른의 이곳저곳에서 폐허의 땅은 벌써 빼곡히 우거진 녹지대로 변해 있었다—마치 "평화로운 시골 골짜기"[50]같이 새로운 풍경을 뚫고 길들이 나 있었다. 오늘날 슬그머니 확산되는 재앙의 경우와 달리, 자연의 재생력은 화염폭풍에도 약화되지 않은 것처럼 보였다. 실제로 함부르크에서는 1943년 가을, 그 큰 화재가 난 몇 달 뒤에도 많은 나무와 덤불이 번성했으며, 그중에서도 특히 밤나무와 라일락이 그해 두번째로 꽃을 활짝 피웠다.[51] 만일 미국의 재무장관 헨리 모겐소가 입안한 모겐소플랜*이 실제로 관철됐더라면, 폐허가 된 이 나라 곳곳의 산야가 무성한 숲으로 뒤덮이게 되기까지 얼마나

걸렸을까?

〔모겐소플랜은 무산되었지만〕 대신 또다른 자연현상으로서 사회생활이 놀라운 속도로 다시 깨어났다. 자신들이 알고 싶지 않은 것을 잊어버리고 눈앞에 있는 것을 외면해버리는 인간의 능력이 당시 독일에서보다 더 잘 시험된 적도 드물리라. 우선 사람들은 순수한 공포심 때문에, 마치 아무 일도 없었다는 듯이 하던 일을 계속하기로 다짐했던 것이다. 할버슈타트 지역의 파괴를 다룬 클루게의 보고는 영화관 직원 슈라더 부인의 이야기로 문을 여는데, 그녀는 폭격 뒤에 즉시 방공삽을 들고 "그 아수라장을 영화 상영이 시작될 오후 2시까지 치울 수 있기"[52] 바라며 일을 하기 시작한다. 지하실에서 그녀는 푹 삶아진 온갖 시체 부위를 발견하지만 그것들을 일단 빨래용 솥단지에 담는 식으로 주변을 정리한다. 노사크는 공습이 있은 며칠 뒤 함부르크로 돌아가는 길에, "잔해가 즐비한 황무지 한복판에 홀로 덩그러니 서

---

* Morgenthau-plan. 1944년 미국의 재무장관 헨리 모겐소는 독일의 중공업을 붕괴시켜 독일을 농업국가로 만들고 종전 이후 독일의 전쟁 수행 능력을 완전히 상실하게 하자는 극단적인 계획안을 제시했지만 시행되지는 않았다.

있는" 집 안에서 유리창을 닦는 여자를 보았다고 이야기한다. "우리는 정신나간 여자를 보았다고 생각했다. 똑같은 일이 또 일어났다. 아이들이 앞마당을 청소하면서 갈퀴로 고르고 있는 것을 보았던 것이다. 정말 이해할 수 없는 광경이었기에, 다른 이에게 그 일을 이야기하는 순간 그것이 마치 기적같이 여겨졌다. 그러던 어느 날 우리는 공습에서 온전히 살아남은 근교에 들어섰다. 사람들이 자기 집 발코니에 앉아서 커피를 마시고 있었다. 마치 영화의 한 장면 같은, 말도 안 되는 일이었다."[53] 공습의 피해 당사자 입장에서 느꼈을 노사크의 당혹감은 비인간적이라 할 만큼 도덕적 감수성이 결핍된 상태를 직접 대면한 데서 비롯된 것이었다. 우리는 어떤 곤충 군체가 그들의 이웃집이 무너져내렸다 하여 슬픔으로 마비되리라 생각하지는 않는다. 반면 우리는 인간 본성에 대해서는 어느 정도의 공감 능력을 기대한다. 이런 점에서 1943년 7월 말 함부르크에서 소시민들이 매일의 일정한 다과 시간을 고수했던 것은 무엇인가 소름끼치게 부조리하고 추잡한 면을 지니고 있다. 그것은 마치 그랑빌의 풍자화에서, 인두겁을 쓰고 식사용구로 무장한 동물이 동족을 먹어치우는 장면과 흡사하다.

달리 보면, 재난의 침투에도 끄떡하지 않고 다과 시간을 위해 핫케이크를 굽는 것에서 더 높은 문화적 제의를 지키는 것에 이르는 이 일상의 습관 유지가, 이른바 건강한 인간 이성을 수호하는 가장 확실하고도 자연스러운 수단이기는 할 터이다. 독일제국의 진화와 붕괴에서 음악이 수행한 역할도 이런 맥락에서 이해할 수 있다. 시국의 엄중함을 고취해야 할 때가 오면 으레 대규모 관현악단이 동원되었고, 나치스 정권은 교향곡 피날레의 긍정적 태도를 전유했다. 이 상황은 독일 도시에 융단폭격이 쏟아질 때에도 변하지 않았다. 알렉산더 클루게는 할버슈타트에 공습이 가해지던 날 밤, 〈라디오 로마〉 채널에서 〈아이다〉 실황 공연이 중계되던 일을 회상한다. "우리는 아버지 침실에 모여 앉아 야광 다이얼이 반짝이는 갈색 목제 라디오 앞에서 외국방송이 들려주는 뒤틀린 비밀의 음악에 귀를 기울였다. 그것은 지직거리는 잡음에 휩싸인 채 먼 곳으로부터 진지한 무엇인가를 전달했고, 아버지는 그것을 짤막한 독일어 문장으로 우리에게 요약해주었다. 새벽 1시가 되자 무덤 속에서 사랑하는 이들의 숨이 끊어졌다."[54] 다름슈타트를 초토화시킨 공습이 있던 날 저녁, 한 생존자는 "라디오에서 리하르트 슈트라우스의 마력적인 음악 중 감각적인 로코코 세계를 표현한 가곡 몇 곡을 들었다"[55]라고 말한다. 텅 빈 함부르크 건물 전경이 개선문이나 로마시대의 폐허, 혹은 어느 환상적인 오페라의 무대장치 같다고 생각했던 노사크는 고철더미 위에서, 폐허 위에 외로이 서 있는 콘벤트가르텐 콘서트장 입구를 바라본다. 3월까지만 해도 그는 그곳에서 열린 음악회에 갔다. "어느 앞을 보지 못하는 여가수가 노래를 부르고 있었다. '고통스러운 수난기가 이제 또다시 시작되네.' 단정하고 확고하게 쳄발로에 기대어선 그녀는, 보지 못하는 두 눈으로 우리가 당시 이미 감지하고 있던 공허함 너머, 저 먼 곳, 아마도 우리가 지금 있는 이곳을 응시하고 있었던 듯하다. 이제 우리 주위를 감싸고 있는 것은 잔해더미의 바다뿐이다."[56] 여기서 음악적 경험으로 환기된, 극단적인 범속함과 거룩함의 만남은 종말 이후까지 효력을 발휘하는 기법이다. "벽돌로 이루어진 어느 구릉지, 그 아래에 파묻힌 사람들, 그 위에는 별들. 그곳에서 최후에 꿈틀대는 것은 쥐들이다. 저녁에는 〈이피게네이아〉를 보러갔다"라고, 베를린에 있던 막스 프리쉬는 일기에 적었다.[57] 어느 영국인 관찰자는 같은 도

시에서 휴전 직후에 열렸던 오페라 공연 하나를 떠올린다. "그런 난장판 속에서 오직 독일인들만이 웅장한 전 관현악단과 음악애호가들로 북적대는 오페라하우스를 만들어낼 수 있을 것(In the midst of such shambles only the Germans could produce a magnificent full orchestra and a crowded house of music lovers)"[58]이라며, 그는 다소 모순적인 경탄을 드러낸다. 그 당시 이 나라 도처에서 새로이 비상하는 음악에 눈빛을 초롱이며 귀 기울이던 청중이, [사실은 음악이 아니라] 살아남았다는 것에 감사하는 마음으로 감동받았던 것임을 어느 누가 부인할 수 있을까? 하지만 당시의 독일인들이 전 세계 인류사에서 어느 민족도 자신들만큼 그렇게 모진 고난을 견디고도 변함없이 음악을 연주하지는 않았을 것이란 도착적인 자긍심에 뿌듯해한 건 아니었는지 질문해야 한다. 이를 보여주는 연대기가 바로 토마스 만의 『파우스트 박사』에 나오는 독일 작곡가 아드리안 레버퀸의 생애이다. 뒤러와 피르크하이머의 도시*가 잿더미가 되고 가까운 뮌헨도 심판을 받고 있을 무렵, 남

---

* 뉘른베르크를 말한다.

부 바이에른 주 프라이징의 교장 차이트블롬은 미국 샌타바버라에서 망명생활을 하던 작가 토마스 만의 혼에 빙의되어, 아드리안 레버퀸의 생애를 종이에 써내려간다. 그는 이렇게 쓴다. "내 이야기를 경청해주는 독자들과 친구들이여, 나는 계속 이야기하겠다. 독일은 초토화되었고, 우리 도시의 폐허에는 시체들을 파먹고 살이 찐 쥐들이 날뛰고 있고……"59 토마스 만은『파우스트 박사』를 통해 점점 묵시적 세계관 쪽으로 기우는 예술을 향해 광범위한 역사적 비판을 가하면서, 더불어 자신도 그런 예술에 연루되어 있었음을 고백한다. 이 소설이 상정한 독자들 가운데 당시에 토마스 만을 이해했던 사람은 거의 없었던 것 같다. 그러기에 사람들은 전쟁의 화기가 채 가라앉지도 않았는데 소설의 성공을 축하하느라 정신이 없었고, 스스로 온갖 추문을 씻어내는 일에 몰두해 있었다. 토마스 만 자신을 괴롭히던 윤리와 미학의 관계라는 복잡한 문제에 사람들은 깊이 관여하지 않았다. 초토화된 독일 도시들을 문학적으로 다룬 몇 안 되는 작품들이 지닌 결점에서 읽어낼 수 있듯이, 이 문제는 훨씬 더 중요하게 다루어졌어야 마땅했을 것이다.

종전 당시에 파괴된 독일 도시들을 다룬 작가는 하인리히 뵐—그의 음울한 폐허문학 『천사는 침묵했다』는 사십 년이 넘게 독자들에게 공개되지 못했다—을 비롯하여 헤르만 카자크, 한스 에리히 노사크, 페터 드 멘델스존이 고작이었고, 이들만이 폐허의 나라에서 생존한다는 것에 관해 기록했다. 이 세 작가는 당시 이런 공통의 관심사로 서로 연결되어 있었다. 카자크가 『강물 저편의 도시』를 써나가고 노사크가 『네키야』를 집필할 즈음인 1942년경부터 카자크와 노사크는 정기적으로 서로 접촉하고 있었다. 한편 영국에서 망명생활을 하다 1945년 5월에 처음 독일로 돌아온 멘델스존은 파괴의 실제 규모가 어떠했는지 거의 파악할 수 없었고, 자신이 이런 인상을 받았기 때문에 1947년초에 발간된 카자크의 작품을 고도로 시사적인 시대의 증언으로 감지했음이 분명하다. 그는 이 작품에 대해 그해 여름까지도 여전히 가시지 않은 열광을 담아 서평 한 편을 쓰고, 이 책을 알리기 위해 영국의 출판사를 물색하면서 스스로 번역작업에도 뛰어드는 등 카자크의 작품을 사숙私淑하여 1948년에는 직접 소설 『대성당』을 집필한다. 그 소설은 카자크와 노사크의 작업과 마찬가지로 총체적 파괴의 환경에서 나온 문학적 시도로 간주될 수 있다. 멘델스존이 미군정에 복무하면서 자신에게 부과된 수많은 과제를 짊어진 채 독일 언론을 재건해나가는 동안, 영어로 쓴 단편소설은 미완성으로 남았고, 1983년이 되어서야 그 형태 그대로를 자신이 독일어로 번역하여 발표했다. 이들 그룹의 대표작은 물론 카자크의 『강물 저편의 도시』로, 당시 전반적으로 획기적이란 의미가 부여된 작품이자 이후 오랫동안 나치스의 광기에 대한 최종 결산이라는 평가를 받은 작품이었다. 노사크는 카자크의 이 작품을 두고 "이 책 단 한 권으로 다시 수준 높은 독일문학이 존재하게 되었다. 그것은 여기 독일에서 태어나고 폐허에서 자라난 문학이었다"[60]라며 상찬했다. 물론 카자크의 소설이 어떤 면에서 당시 독일 상황에 부합했는지, 또 그가 이런 상황에서 추론해낸 철학이 어떤 의미인지를 꼼꼼히 따지는 것은 다른 문제이겠지만 말이다. 소설 속 강 저편의 도시는 "이른바 지하에서 생활이 이루어지는"[61] 모든 면에서 와해된 어느 공동체의 모습으로 나타난다. "주변 길거리에는 외벽만 남은 건물들이 우뚝 서 있었기에, 죽 늘어선 텅 빈 창문들을 비스듬히 바라보면 하늘을 볼 수 있었다."[62] 또한 생사의 갈림길에서 연명하는 주민들의 "삶이 아닌 삶"[63]에 대한 묘사는 1943년에서 1947년 사이의 실제 경제적·사회적 상황으로부터 영감을 받은 것이라 할 수 있다. 어디에도 차량 하나 보이지 않고 행인들은 폐허의 거리를 무심히, "주변의 절망 따위는 이제 느껴지지도 않는다는 듯" 스쳐지나간다. "(…) 집의 기능을 상실한 무너진 집터에서는 파묻힌 세간의 잔해를 뒤지는 사람들, 또 도자기 파편 더미에서 양철조각이나 전선 들을 주워모으는 사람들, 어깨에 둘러맨 식물 채집통 같은 자루에 나뭇조각들을 하나씩 주워담는 사람들의 모습이 여기저기에서 보였다."[64] 지붕이 날아가 천장이 휑한 상가에서는 변변찮은 구색의 잡다한 물건들을 내놓았다. "여기에선 겉옷과 바지 몇 벌, 은제 버클이 달린 혁대, 넥타이, 색색의 스카프를, 저기에선 상당히 의심쩍은 품질의 갖가지 구두와 장화를 무더기로 벌여놓았다. 다른 편에는 꾸깃꾸깃한 양복들을 치수별로 옷걸이에 걸어놓았고, 유행이 지난 저고리와 농부들 입는 겉옷을 널어놓았는가 하면, 또 그 사이사이에 꿰맨 스타킹과 양말, 셔츠, 모자며 헤어네트를 한데 뒤섞어 매물로 내놓았다."[65] 이러한 대목에서 전후 독일의 위축된 생활 사정과 궁핍한 경제 사정이 카자크 이야기의 경험적 기반이었다는 점을 읽어낼 수 있지만, 이는 폐허가 된 세계의 전반적인 이미지에 잘 부합한다고 볼 수 없으며, 오히려 날것 그대로를 유지하며 좀처럼 서술되지 않는 어떤 현실을 신화화하고자 하는 고차원적인 의도에 저당잡혀 있다고 할 수 있다. 동일한 맥락에서 비행 함대의 폭격 역시 현실 초월적인 사건으로 그려진다. "파괴에 있어 그 무자비함이 악마의 힘을 능가하는 인드라가 그들을 독려한 것마냥, 죽음의 사자 군단은 과거 남자들의 살육 전쟁보다 백 배는 더 강한 규모로 대도시의 회관과 집들을 박살내기 위해 묵시적인 투척과 타격을 가하며 날아올랐다."[66] 녹색 탈바가지를 쓴 인물들, 퀴퀴한 가스 냄새를 내뿜는 어느 비밀 종파의 회원들, 아마도 수용소에서 학살된 희생자들을 상징화하려는 듯한 이들은 알레고리적 과장 속에서 권력의 꼭두각시들과 논쟁하기 위해 호출된다. 실물보다 크게 부풀려져, 신성모독적인 통치를 선지하던 이 꼭두각시들은 사악한 악취를 남기고 빈 군복만 털썩 주저앉힌 채 떠나간다. 거의 지버베르크 영화를 방불케 하는 이러한 연출은 표현주의 판타지의 가장 의심쩍은 면에 힘입은 것으로, 소설 종결부에서는 이런 연출에 더하여 무의미에 의미를 부여하려는 시도가 이루어지는바, 카자크가 그린 죽음의 왕국에서 최장 세월 수행한 도인은 넌지시 이렇게 말한다. "서른세 명의 입회자가 환생으로 나아가려고, 더없이 오래 차단돼 있던 아시아 영역을 열고 확장하는 데 힘을 집중하고 있었다. 그리고 그 힘은 더 강력해져 정신과 몸의 환생이 이제 서양의 순환까지 포함하는 듯하다. 지금껏 그저 천천히, 띄엄띄엄 이루어졌던 아시아의 존재고와 유럽의 존재고 사이의 교환이 잇따른 현상들에서 더욱 두드러지고 있다."[67] 카자크의 소설에서 최고의 진리 심급을 대변하는 대마법사의 계속되는 설명에서 수백만의 죽음이 이렇게 무한정 발생해야 한다는 사실이 드러난다. "엄청나게 몰려드는 환생자들에게 자리를 내어주기 위해, 엄청난 수의 인간들이 때 이른 부름을 받았다. 이로써 대기자들은 이제껏 닫혀 있던 삶의 공간에서 적시에 씨앗으로, 비공식적인 환생자로 부활할 수 있게 되었다." 카자크의 서사에 드물지 않게 나타나는 이런 식의 경악스러우리만치 적나라한 어휘 구사와 개념 선택은, '내적 망명'을 통해 갈고 닦았다는 비밀의 언어[68]가 점점 더 파시즘적 정신세계의 암호와 일치하고 있음을 보여준다. 카자크가 얼마나 그 시대 특유의 문체로, 사이비 인문주의와 동아시아의 철학 개념을 사용하고, 많은 상징주의적인 잡소리를 동원하여 집단적 파국이라는 전대미문의 현실을 삭제해버리는지, 또 카자크가 어떻게 자기 소설의 전 구상을 통해 강 저편의 도시에서 기록관리자로서 인류의 기억을 간직한 순수하게 고양된 영적인 사람들의 공동체에 자신을 편입시키려 하는지, 오늘날의 독자들이 읽어내기란 상당히 고통스러운 일이다. 마찬가지로 노사크도 『네키아』에서 추상 기법과 형이상학적 기만을 활용해 그 시대가 실제로 겪은 끔찍한 일을 지워버리고자 하는 유혹에 빠지고 만다. 『네키아』는 카자크의 『강 저편의 도시』처럼 망자들의 왕국을 다룬 여행기로, 선생, 사부, 스승, 조부와 조모 등이 나오고 가부장적 규율과 전생의 암호도 매우 빈번히 등장한다. 그러니까 우리는 괴테의 이상주의적 전망에서 시작해 동맹의 별*을 지나 슈타우펜베르크와 힘러에 이르는 독일 전통의 교육촌 한복판에 있게 된

---

* 독일의 시인 슈테판 게오르게의 시.

다. 만일 국가 외부와 상부에서 영향력을 행사하고 비밀스러운 지식을 수호하는 이런 선도적 인물의 이상이 공동의 경험 속에서 그 명예를 완전히 실추했음에도 또다시, 완전한 파괴에서 목숨만 부지한 채 탈출한 경험의 형이상학적 의미를 통찰하기 위해서 그런 이상을 끌어들인다면, 이 통찰은 개별 작가들의 의식을 훨씬 넘어서는 어떤 심오한 이데올로기적 경직성에서 나온 것이라 할 수 있으며, 이런 이데올로기의 경직성은 오직 현실을 정면으로 응시하는 것을 통해서만 해소할 수 있는 것이다.

비록 철학적으로 과도한 고양과 허위적 초월성에 치명적으로 이끌리는 경향이 있기는 했지만 당시 작가로서는 유일하게 자신이 보았던 것을 가능한 한 직설적인 형태로 기록했다는 점에서, 노사크는 부인할 수 없는 성과를 이루었다. 물론 함부르크의 몰락을 다루면서 작가는 군데군데 운명론적인 수사를 동원하여 영원으로 가는 길 위의 인간 얼굴이 성스럽게 여겨진다[69]라고 표현한다든가, 동화처럼 알레고리적 방향으로 상황을 틀어버리는 등의 문제가 보이지만, 전체적으로 이 소설에서 가장 중요한 것은 순수한 사실성이며, 그밖에도 계절과 날씨, 관찰자의 시점, 다가오는 폭격기 편대의 굉음, 지평선에 보이는 붉은 불꽃, 도시에서 도망친 자들의 육체적·정신적 상태, 다 타고 없어진 눈앞의 풍경, 어떻게 된 일인지 계속 서 있는 굴뚝, 부엌 창가에 널린 빨래들, 빈 베란다에서 펄럭거리는 찢긴 커튼, 올이 다 뜯긴 천으로 덮인 거실 소파, 그 외에 영영 되찾지 못할 무수히 많은 분실물, 그 물건들이 묻힌 고철더미, 그 안에서 꿈틀대는 새로운 생명의 참담함, 갑작스레 향수를 뿌리고 싶어지는 마음 같은 것들이다. 적어도 한 사람은 저 7월의 밤 함부르크에서 일어났던 참사를 기록해야 한다는 도덕적 정언명령이 작가로 하여금 가능한 한 예술적 기법을 선보이는 것을 포기하게 만들었다. 노사크는 건조한 어조로 "역사 이전의 끔찍한 사건"[70]을 보고한다. 문이 꽉 끼어 열리지 않는 어느 지하 방공호에서 근처에 쌓아둔 석탄으로 불이 옮겨붙어 사람들이 무더기로 삶아졌다. 그 상황은 이러했다. "그들은 모두 뜨거운 벽에서 떨어져 지하실 한가운데로 피한 채였다. 우리는 한데 뭉쳐 있는 그들을 발견했다. 그들은 열기로 부풀어올라 있었다."[71] 이 사건을 보고하는 어조는 비극 속 전령의 어조이다. 노사크는 그런 전령들이 종종 교수형에 처해졌다는 것을 안다. 노사크가 남긴 함부르크 몰락에 대한 기록에는 한 남자의 우화가 삽입되어 있다. 그 남자는 실제 상황이 어땠는지 전해야 한다고 주장하지만, 공포의 한기를 유포시켰다는 이유로 이야기를 들은 사람들의 손에 맞아죽고 만다. 파괴에서 형이상학적 의미를 구해내는 이들은 대개 그런 비참한 운명의 손아귀에서 벗어나 있다. 그들이 하는 작업은 정확한 기억보다 덜 위험하기 때문이다. 엘리아스 카네티는, 히로시마의 피폭자 하치야 박사 일기에 헌정한 에세이에서 그런 규모의 재앙에서 살아남는다는 것이 무엇을 의미하는가를 질문하면서, 이는 오직 하치야의 일기같이 정확성과 책임감이 특징인 기록을 통해서만 답을 구할 수 있을 것이라고 했다. 카네티는 "오늘날 어떤 형식의 문학이 필요한지, 어떤 형식의 문학이 지식인과 교양인에게 필요한지를 숙고하는 일은, 바로 이러한 문학을 통해 그 의미를 갖게 되었다"[72]라고 썼다. 함부르크 몰락을 다룬 유일무이한 보고이자 노사크의 작품 중에서도 유일한 그 글에 관해서도 똑같은 말을 할 수 있을 것이다. 노사크의 글에서 적어도 상당 부분은 진리의 이상이 전적으로 소박한 사실성에 입각해 결의되어 있으며, 이 진리의 이상은 완전한 파괴에 직면하여 문학작업을 계속해야 하는 유일하게 정당한 근거로 입증되고 있다. 하지만 이와 정반대로, 초토화된 세계의 폐허로부터 미학적이거나 유사 미학적인 효과들을 만들어내는 것은 문학이 자기 정당성을 스스로 박탈하는 처사이다.

이를 보여주는 적합한 사례로, 한 장 한 장 넘길 때마다 수치스러움의 연속인, 페터 드 멘델스존의 『대성당』만 한 것도 없다. 이 미완의 소설은 (고마움을 표하고 싶으리만큼) 오랫동안 출판되지 못한 채 남아 있었고, 출판된 뒤에도 거의 관심을 받지 못했던 작품이다. 이 작품은 주인공 토르스텐존이 격심한 공중폭격이 가해진 다음날 아침, 매몰된 지하실에서 지상으로 나오는 것으로 시작한다. "그는 땀에 흠뻑 젖었고 관자놀이가 요란하게 고동쳤다. 제기랄, 이것 참 소름끼치는군. 나는 이제 젊지도 않단 말이다. 그는 생각했다. 만일 십 년 전, 십오 년 전이었다면 이런 일은 별것도 아니었을 테지. 하지만 나는 지금 마흔한 살이고 건강하고 거의 다친 데도 없이 멀쩡하다. 반면에 내 주변은 죄다 죽은 것처럼 보인다. 손이 떨리고 다리가 후들거리지만 이 무너진 잔해더미에서 빠져나가려면 안간힘을 써야 한다.

실제로 주변에 누가 죽어 있는 것 같았다. 완벽한 정적이 감돌았다. 그는 몇 번이나 거기 누가 있느냐고 외쳤지만, 칠흑 같은 어둠 속에서는 아무 대답도 들려오지 않았다."[73] 굳이 온갖 끔찍한 부분들을 인용하지 않고 문법적 실수와 열악한 교정으로 오락가락하는 문체만 봐도, 작가가 파괴된 현실의 가장 노골적인 측면을 묘사하는 것에 망설임이 없다는 증거를 찾을 수 있다. 이 작품은 분명히 멜로드라마적인 것에 이끌리는 위험한 경향이 농후하다. 토르스텐존은 "깨진 창틀 사이로 비스듬히 뒤틀린 채 밀려들어간 어떤 늙은 여자의 머리"를 보고, 자신의 쇠굽 장화가 어둠 속에서 "온기를 잃어버린 어느 여자의 으깨진 가슴을 밟고 넘어질까봐" 두려워한다.[74] 토르스텐존은 두려웠다, 토르스텐존은 본다, 토르스텐존은 생각했다, 어떤 감정을 느꼈다, 의심했다, 평가했다, 자기 자신과 말다툼을 했다, 마음먹지 않았다—우리는 삐걱거리는 소설 장치를 통해 겨우 유지되는 이런 병적인 자기중심주의의 관점에 의지해 줄거리를 따라가야 한다. 이 줄거리의 대단히 통속적인 스타일은 분명 테아 폰 하르보우가 프리츠 랑을 위해, 아니 더 정확히 말하면 영화 〈메트로폴리스〉의 대형 제작사를 위해 쓴 시나리오에서 빌려온 듯하다. 그 이유는 멘델스존 소설의 주제 중 하나도 인조인간의 오만함이기 때문이다. 토르스텐존은 젊은 건축가 — 작가는 부인했지만 이 인물이 건축가 하인리히 테세노프와 유명한 수제자 알베르트 슈페어를 연상케 하는 것은 우연이 아니다—로서 거대한 대성당을 세웠는데, 그 성당은 폐허에서 유일하게 건재한 건물이다. 소설의 두번째 차원은 성적인 것이다. 토르스텐존은 첫사랑이자 사토장이의 아름다운 딸, 아마도 지금 무너진 잔해 밑 어딘가에 묻혔을 카레나를 찾는다. 카레나는 영화 〈메트로폴리스〉의 마리아처럼 지배권력에 의해 도착화된 성녀이다. 토르스텐존은 서적상 카프카의 집에서 그녀를 처음 만났던 때를 회상하는데, 이 카프카라는 인물은 프리츠 랑의 영화에 나오는 흑마술사 로트방처럼, 책으로 가득차 있고 벼락닫이 문들이 달린 뒤틀린 집에 살고 있다. 그때 그 겨울날 저녁, 토르스텐존은 카레나가 안쪽부터 활활 타오르는 듯한 망토 모자를 쓰고 있었던 것을 기억해낸다. "붉은 안감과 그녀의 두 뺨 위로 흘러내린 금발의 머리채가 불꽃의 화환 속에 녹아들었고, 그 붉은 안감은 그녀의 고요하고 순결하며 수줍게 미소 짓는 듯한 얼굴을

에워쌌다."[75] 이는 의심의 여지 없이 지하 묘지의 성모 마리아를 모방한 것으로, 영화 속의 마리아는 나중에 로봇으로 변모하여 메트로폴리스의 주인 프레더센에게 충성한다. 카레나 역시 토르스텐존이 망명을 가자 새로운 권력자 고센자스 편에 서는 유사한 배반을 범한다. 멘델스존의 말마따나 이 소설은 토르스텐존이 잔해더미를 치우기 위해 거룻배를 타고 바다로 나가 배에 싣고 온 돌덩이들을 바닷물 깊이 가라앉히다가, 똑같은 도시가 또다른 아틀란티스처럼 고스란히 바다 아래 있는 것을 발견하는 것으로 끝났어야 했다. "위에서 파괴된 모든 것이 여기 아래에는 온전히 서 있었고, 위에 여전히 서 있는 것, 무엇보다 대성당이 이 아래에는 없었다."[76] 토르스텐존은 수중계단을 타고 물 아래에 가라앉은 도시로 내려가고, 그곳에서 체포되어 법정에서 자기 인생을 변호해야 하는 상황을 맞는다. 이 또한 전적으로 테아 폰 하르보우의 취향에 따른 환상적인 비전이다. 군중의 집단무, 파괴된 도시로 진군하는 승리한 대군, 대성당에 들어서는 생존 주민들의 행렬, 이 모두가 문학적인 품위라고는 조금도 찾아볼 수 없는 통속화된 줄거리를 뽑아냈던 랑과 하르보우 부부의 전형적인 특징이었다.

소설이 시작하자마자 토르스텐존은 길 잃은 고아 소년을 만나게 되고, 이어 수용소에서 탈출한 열일곱 살 소녀도 만나게 된다. 그와 소녀가 대성당 앞 계단, "강렬한 뙤약볕 속에서" 처음 서로 마주보고 섰을 때, 소녀가입은 윗옷이 어깨에서 흘러내리고, 토르스텐존은 그 소녀를 소설의 표현대로라면 "태연자약한 눈으로 면밀하게" 바라본다. "흑발머리를 땋은 그녀는 누추하고 지저분했으며 시퍼렇게 멍이 들어 있었지만, 계집아이다운날씬하고 낭창한 몸매로 고대의 숲에서 살던 여신처럼아름다웠다."[77] 이와 잘 어울리게도 소녀가 아프로디테호메리아데스라는 이름으로 불린다는 것과 (또하나의소름끼치는 설정인) 테살로니카 출신의 그리스계 유대인이라는 사실이 드러난다. 처음에 이 보기 드문 미인과 자고 싶다는 생각으로 그녀에게 접근했던 토르스텐존은 결국 일종의 화해 장면에서 그 독일 소년이 그녀에게 인생의 비밀을 배울 수 있도록 그녀를 소년에게데려다준다. 이 또한 대성당의 육중한 문 앞에서 촬영한 〈메트로폴리스〉 결말 장면을 반영한 것이라 하겠다.독자의 눈앞에 펼쳐지는 멘델스존의 이런 외설성과 지극히 독일적인 인종주의의 통속성(최선의 의도에서 한

말임을 알아야 한다)을 한마디로 요약하기란 쉽지 않다. 여하튼 멘델스존이 보여준 파괴된 도시라는 주제의 무분별한 허구화는, 노사크가 『몰락』의 몇몇 대목에서 매우 훌륭하게 추구했던 산문적 냉정성과 정반대인 지점에 있다고 할 수 있다. 노사크가 고모라 작전이 불러일으킨 참상과 단호히 거리를 둠으로써 그 참상에 접근해가는 데 성공했던 반면, 멘델스존은 무려 200쪽도 넘게 계속 맹목적으로 통속성에 의탁하고 있는 것이다.

파괴의 현실에 대한 완전히 다른 종의, 그러나 역시 우려되는 문학적 가공을, 우리는 아르노 슈미트가 1953년에 발표한 단편 「목양신의 생애에서」의 결말 부분에서 발견할 수 있다. 물론 훗날 영예로운 학술원장까지 지낸 작가들의 문제점을 일일이 지적하는 것도 예의바른 태도는 아니었는데, 바르크펠트에 은거하는 이 비타협적인 문예인[아르노 슈미트]의 명성에 흠집을 내는 건 더 꺼려질 수밖에 없다. 그럼에도 나는 아르노 슈미트가 공습이라는 연극을 연출하는 데 구사한 역동적인 언어의 실천정신에 관해서는 마땅히 의문을 제기해야 한다고 본다. 확실히 작가의 의도는 완전히 뒤엎은 언어로 어떻게든 그 파괴의 소용돌이를 각인시키려는 것이지만, 적어도 내가 보기에는, 다음과 같은 내용을 읽을 때 그가 말한 이른바 끔찍한 분열의 순간에 처한 삶의 문제는 그 어디에도 없다. "땅속에 묻혀 있는 에탄올 저장 고가 마구 덜거덕거리더니 뜨거운 손으로 쥔 운모처럼 말려올라가서 할레마우마우 분화구* 속으로 녹아 사라진다. (이 흘러내리는 용암 앞에서, 당황한 한 경찰이 오른쪽 경찰을 막아선 뒤 공무집행중에 증발해버렸다.) 뚱뚱한 구름 여인이 창고에서 기운을 차리더니 둥그런 배를 더 부풀리고는 파이 머리를 높이 들어 트림을 하며 목으로 웃는다. 그래서 어쩌라고! 그러고는 미친듯이 날뛰는 팔다리를 묶고 엄청나게 큰 궁둥이를 이리로 돌려 뜨거운 쇠파이프 집속탄도 방귀를, 끝도 없이, 그 여자 거장은, 관목덤불이 우지끈 부러지고 바스락거릴 때까지 뀐다."[78] 내겐 여기 서술된 그 어떤 것도 보이지 않고, 오직 성난 채 열성적으로 언어를 격자세공하는 작가만 보인다. 아마추어 세공사가 한번 개발한 기법으로 계속 똑같은 것을 만들어내는 것이 특징이라면, 슈미트 역시 이런 극단적인 상황에서조차 자신의 틀에 꿋꿋이 남아

---

* 하와이의 킬라우에아 화산 정상에 있는 분화구.

있다. 그것은 윤곽의 만화경적인 해체, 자연을 의인화한 환영, 카드 색인함에서 나온 운모, 이런저런 희귀한 어휘들, 그로테스크와 은유, 유머와 의성어, 조잡한 것과 정선된 것, 거칠고 강렬하고 시끄러운 것 들이다. 나는 이 파괴의 시간을 대하는 슈미트의 과시적 아방가르드에 대한 내 혐오가 형식적으로나 언어적으로 보수적인 세계관에서 비롯된 것이라고 생각하지 않는다. 왜냐하면 이러한 기교 연습과는 정반대로, 후베르트 피히테의 소설 『데틀레프의 모방 클럽 '그륀슈판'』에서 재키가 함부르크 공습을 조사하며 작성한 파편적 메모는 온전한 문학적 방법으로 여겨지기 때문이다. 그것은 무엇보다도 그 메모가 추상적이고 상상적인 성격이 아니라 구체적이고 기록적인 성격을 갖기 때문일 것이다. 노사크의 『몰락』을 선두로 하는 기록문학으로 비로소 독일 전후문학은 자신을 찾았고, 더불어 전통적 미학으로는 다룰 수 없는 자료에 대한 진지한 탐구를 시작했다. 때는 함부르크 공습 25주년을 맞는 1968년, 재키는 에펜도르프 의학도서관에서 1948년에 발간된, 화폐개혁 이전에 생산되던 두껍고 노란빛이 도는 미색지로 만든 소책자 한 권을 발견한다. 제목은 '1943년부터 1945년까지의 함부르크 공습과 관련한 병리·해부학적 연구결과. 삽화 서른 점과 표 열한 개 첨부'이다. "라일락 나무 주변으로 산들바람이 부는" 공원에서 "밤이면 함부르크의 매춘부가 모이는 공중화장실, 찻집, 간이화장실을 등지고 앉아" 재키는 빌려온 책을 넘겨다본다. "b. 수축된 시신 부검. 부검에는 부패가 다소 진행되어 부패의 동반현상을 보이는 열수축 시신들을 이용했다. 수축 시신의 경우 수술용 칼과 가위 사용은 당연히 불가능했다. 제일 먼저 할 일은 시신의 옷을 제거하는 일이었는데, 이 작업은 시신이 비정상적으로 경직된 경우 보통은 옷을 잘게 잘라내거나 찢어내는 것을 통해서만 가능했으며 일부 신체 부위의 훼손이 불가피했다. 관절의 건조 상태에 따라 두부 또는 사지가 어려움 없이 절단되는 경우가 왕왕 있었는데, 물론 그 부위들이 시신과 함께 연결된 상태로 발견되어 운반된 경우에만 가능했다. 시신의 외피가 손상되어 내부가 개방되어 있지 않은 한, 딱딱하게 굳은 피부를 절개하기 위해서는 뼈가위나 톱이 있어야 했다. 내장기관의 경화 및 수축으로 수술칼 사용이 어려웠기 때문이다. 개별 기관, 특히 흉부 기관을 들어낼 때면 딸려 있던 호흡기, 대동맥, 경동맥, 횡

경막, 간, 신장이 같이 매달려 나오는 경우도 잦았다. 이미 자기 분해가 진행중이거나 열작용으로 완전히 굳어진 기관들은 대부분 수술칼로 끊어내기가 어려웠다. 부패가 시작되어 말랑하고 진흙같이 점성질이거나 검게 탄 부스러진 조직 덩어리 또는 조직 잔류물은 깨뜨리고 찢어내고 잘게 부수어 뽑아냈다."[79] 여기에서, 즉 화염으로 미라가 된 신체를 다시 한번 파괴하는 것을 전문적으로 묘사하는 이 대목에서, 슈미트의 언어적 극단주의로는 결코 알지 못했던 어떤 현실이 가시화된다. 슈미트의 예술언어에서는 은폐되어 있던 것이, 후베르트 피히테의 글에서 별 거리낌 없이 침착하게 제 할 일을 다하는 공포의 관리자들이 구사하는 언어를 거쳐, 우리 앞에 나타난다. 아마도 재키의 추측처럼, 그들이 재앙의 끄트머리에서 자그마한 이익이라도 얻어내려고 그랬을 수 있다. 지크프리트 그레프 박사라는 이가 학문적인 목적으로 작성한 그 문서를 통해서 우리는 웬만한 일에는 끄떡도 않을 영혼의 심연을 들여다보게 된다. 마찬가지로 우리는 집단적 실존의 폐물더미 위에서 이루어진 알렉산더 클루게의 고고학적 발굴작업에서도, 그 어떤 픽션도 무색케 하는 이런 진실한 발견물의 교육 가치를 읽을 수 있다. 할버슈타트 공습에 관한 클루게의 글은, 수년 전부터 이어진 '카피톨' 극장의 프로그램에 따라 이날 4월 8일에 상영될 예정이던, 파울라 베셀리와 아틸라 회어비거가 출연한 영화 〈귀향〉이 이보다 '파괴'라는 상급의 프로그램으로 말미암아 중단돼버린 시점에 시작한다. 노련한 영화관 직원 슈라더 부인은 영화 상영이 시작되는 오후 2시 전까지 부서진 것들을 치워버리려고 한다. 앞서도 언급한 바 있는 이 대목이 자아내는 우스꽝스러운 성격은 재앙이 불러일으킨 능동적 행동범위와 수동적 행동범위의 극단적인 불화, 또 슈라더 부인이 보인 사려 깊은 반응의 부적절함에서 비롯된 것이다. 그 부인에게 "극장 우측이 입은 피해는 (…) 상영될 영화와 그 어떤 의미 있는 맥락이나 연출적인 맥락도"[80] 닿아 있지 않았다. 이와 유사하게 비이성적으로 여겨지는 일은 어느 독일군 중대 병력이 "지면에 널브러져 있거나 지면에서 식별 가능한 깊이에 박힌, 손상이 심한 시신 100구"[81]를 파내고 분류하는 작업에 투입된 일이었는데, 그때 그들은 현 상황에서 "이 작업"이 대체 무슨 목적을 띤 것인지 알 수 없었다. 이들을 촬영하던 어느 무명의 사진사는 군정찰대의 제지

HEIMKEHR

PAULA WESSELY · PETER PETERSEN · ATTILA HÖRBIGER

Ruth Hellberg, Berta Drews, Elsa Wagner, Gerhild Weber
Carl Raddatz, Werner Fütterer, Otto Wernicke

Drehbuch: Gerhard Menzel · Musik: Willy Schmidt-Gentner

Herstellungsgruppe: Erich von Neusser
SPIELLEITUNG: GUSTAV UCICKY

Ein Gustav Ucicky-Film der Wien-Film im Verleih der Ufa

를 받자 "불타는 도시, 불행에 빠진 자신의 고향 도시를 포착하려 했을 뿐"[82]이라고 대꾸했다. 그때 그 사진사도 슈라더 부인처럼 직업적 본능을 따랐던 것이었겠지만, 그러나 종말을 기록해보겠다는 그 의도가 그렇게 어처구니없는 것도 아니었던 듯하다. 그것은 당시 상황에서는 거의 기대할 수 없었던 일이 일어난 덕분으로, 즉 그 사진들이 클루게의 텍스트에 실려 우리에게 전해졌기 때문이다. 망루에서 접이식 의자, 손전등, 보온병, 샌드위치 도시락, 망원경, 무전기 등을 갖춰놓고 감시 업무를 수행하던 아르놀트 부인과 차케 부인은 망루가 흔들리고 발 밑의 널빤지가 불타오르는 상황에서도 여전히 규정대로 보고를 올리고 있었다. 아르놀트 부인은 종 하나가 얹어진 파편더미에 묻혀 생을 마감했고, 차케 부인은 허벅다리가 부러져 몇 시간이나 누워 있다가 마르티니플란 광장 근처의 집에서 피난 나온 사람들에게 구조되었다. '춤 로스(Zum Roß)'* 레스토랑의 어느 결혼식 하객들은 경계경보가 울린 지 십이 분 만에 사회적 차이고 갈등이고 할 것 없이—신랑은 쾰른의 유

---

* 독일어로 '말'이라는 뜻이다.

산계급 출신이고 신부는 할버슈타트의 하층계급 출신
이었다—모조리 같이 매몰돼버렸다. 이외에도 클루게
의 텍스트를 구성하는 이런 수많은 이야기는 얼마나 많
은 개인과 집단이 재앙의 한복판에서도 위협의 실제 강
도를 가늠하는 데 미숙했는지, 또 얼마나 자신에게 주
어진 역할 행동에서 벗어날 줄 몰랐는지를 보여준다.
그 이유는 클루게가 강조하듯, 파국이 가속적으로 진행
되는 와중에는 시간의 감각적 지각이 표준시와 어긋나
게 마련이기 때문이며, 클루게는 할버슈타트 주민들에
게 "실질적인 긴급조치를 생각해내는 것"은 "미래의 두
뇌"쯤은 되어야 겨우 가능했을 일이라고 본다.[83] 그렇다
고 클루게에게 그 반대, 이러한 파국의 역사를 회고하
는 탐구가 쓸모없다는 의미는 아니다. 뒤늦게서야 이루
어지는 학습 과정은 오히려 사람들 내부에서 꿈틀대는
소망의 생각들을, 억압된 경험이 낳은 두려움에 아직
점령되지 않은 어떤 미래의 선취를 향해 선회시킬 수
있는 유일한 가능성이 된다—그리고 이것이 클루게가
사건 발발 삼십 년 뒤에야 구성한 텍스트의 존재 이유
(raison d'être)이다. 클루게의 텍스트에 등장하는 초등
학교 교사 게르다 바에테도 같은 생각을 떠올렸다. 물

론 클루게는 게르다의 생각대로 "아래로부터의 전략을 실현하려면, 일차대전에 참전했던 모든 국가에서 그녀처럼 결심한 7만 명의 교사가 1918년부터 이십 년간 열심히 가르쳤어야 했을 것"[84]이라고 논평한다. 이렇게 가정할 수 있는 역사의 다른 흐름에 대한 열린 시각은, 그 반어적 어감에도 불구하고 역사적 개연성에 맞서 만들어가야 하는 미래가 있다는 진지한 호소로 다가온다. 늘 잠재되어 있고 언제라도 발동될 수 있는 역사의 오류로 설계된 불행의 사회체제에 대해 상세히 기술하는 클루게의 작업은, 우리가 줄기차게 연출해내는 재앙을 제대로 이해하는 것이 곧 행복의 사회체제를 만들기 위한 제1의 전제가 된다는 생각을 내포한다. 하지만 산업생산 관계의 발전으로부터 체계적인 파괴 계획을 역사적으로 도출하는 클루게의 작업을 보면, 추상적인 희망의 원칙이 정당성을 잃고 공허해 보인다는 것도 반박하기 쉽지 않은 사실이다. 공중전의 전략은 가공할 만한 복잡성 속에서 형성된 것으로, 폭격기 전투원들을 "공중전의 훈련된 요원"[85]으로 전문화하는 문제, 요원들이 맡은 임무의 추상성에도 불구하고 임무에 대한 관심을 유지할 수 있도록 심리적 난조를 극복하는 문제이며,

"중형 산업장비〔중폭격기〕200대[86]가 도시 하나를 향해 날아가는 작전이 일정한 주기로 진행될 수 있도록 보증하는 문제, 대규모 화재와 화염폭풍을 일으키는 방식으로 폭탄을 투하하는 기술적 문제이기도 하다. 클루게가 작전 수립자의 관점에서 주목한 이 모든 측면은 그만큼 엄청난 두뇌와 자본과 노동력이 이 파괴 계획에 투입되었기에 이 파괴 계획은 잠재력의 무한 축적이라는 압박 속에서 결국 완수될 수밖에 없었음을 보여준다. 그러한 진행이 돌이킬 수 없었음을 보여주는 증거가 1952년도에 기록된 어느 인터뷰에서 발견된다. 클루게가 자신의 텍스트에 삽입한 이 인터뷰는 할버슈타트의 기자 쿤체르트와 미국 제8공군의 폭격수 프레더릭 L. 앤더슨 사이에 이루어진 것으로, 여기에서 앤더슨은 군사적 관점에서 다음과 같은 의문을 제기하는데, 그것은 성 마르티니 교회 탑에 침대보 여섯 벌로 만든 백기를 제때 게양하기만 했더라도 도시에 가해질 공격을 미리 막을 수 있지 않았을까 하는 문제였다. 앤더슨의 설명은 모든 합리주의적 논거의 악명 높은 비합리성을 보여주는 진술에서 정점에 달한다. 그는 자신들이 싣고 간 폭탄이 결국은 "값비싼 재화"라는 사실을 상기시킨다. "조국에

서 그렇게 많은 노동력을 투입하여 폭탄을 생산했는데, 그걸 산이나 벌판에 실질적으로 던져버리기란 불가능한 노릇이었습니다."[87] 아무리 선의를 가지고 있었다 해도 책임감 있는 개인과 집단 모두가 피해갈 수 없었던 더 상위에 있는 생산 압박의 결과로 말미암은 것이, 클루게의 텍스트에 삽입된 사진이 우리 앞에 펼쳐보이는 것과 같은 초토화된 도시이다. 이 사진 아래에는 다음과 같은 마르크스의 인용구가 있다. "산업의 역사와 산업의 객관화된 현존이 어떻게 인간 의식작용의 펼쳐진 책이 되고 감각적으로 현존하는 인간 심리가 되는지 알 수 있다(강조는 클루게)."[88] 인간의 사유와 감정을 펼쳐

보인 책으로서 산업의 역사—유물론적 인식론, 아니
그 어떤 인식론을 이런 파괴 앞에서 견지할 수 있을까?
아니면 오히려 이 파괴는, 어느 정도는 우리의 손에서
발전해왔고 그런 뒤 갑자기 발발한 것처럼 보이는 것일
뿐인 이 재앙들이, 우리가 그렇게 오랫동안 믿어왔던
자주적인 역사로부터 자연사로 다시 빠져들어간 순간
을 실험적으로 앞당긴 반박할 수 없는 사례가 아닐까?
"(태양이 '도시'를 '짓누른다.' 그곳에는 그늘조차 거의 없
다.) 며칠이 지나자 폐허더미로 꽉 찬 대지와 풍비박산
이 나 지워진 길 위로 벌써 밟아 다져진 길 하나가 생겨
나 과거의 길과 다시 자유로이 연결되었다. 눈에 띄는
것은 폐허에 감도는 정적이다. 하지만 무사태평한 것처
럼 보인다면 속고 있는 것이다. 아직도 지하실에서는
불꽃이 살아 움직이며 이 석탄고에서 저 석탄고로 불이
옮겨붙는 상황이니 말이다. 꿈틀꿈틀 벌레들이 우글거
린다. 도시의 몇몇 지대에선 악취가 풍긴다. 시체 수색
대가 활동중이다. '고요한' 탄내가 도시에 남아, 며칠이
지나면 그 냄새는 '익숙하게 느껴졌다.'"[89] 이 대목에서
클루게는, 은유적이기도 하고 문자 그대로 그렇기도 한
어떤 상위의 지점에서 파괴된 도시를 굽어보고 있다.

그는 반어적인 경탄조로 사실을 기록함으로써 모든 인식에 필수불가결한 거리를 유지한다. 그러나 모든 작가 중 가장 깨어 있는 클루게조차 우리가 자초한 그 불행으로부터 우리 자신은 아무것도 배우지 못할 것이라며 미심쩍어하고, 우리가 뉘우칠 줄도 모른 채 과거의 길과 다시 자유로이 연결되는 길을 계속 만들어내기만 할 것이라는 의혹의 눈초리를 보낸다. 그런 까닭에 파괴된 고향을 바라보는 클루게의 시선은, 지적인 의연함에도 불구하고, 발터 벤야민이 말한 역사의 천사처럼 경악에 붙들려 있다. 벤야민이 말하는 그 천사는 눈을 크게 뜨고 "파편에 파편을 쉼 없이 쌓아올리며 그 파편을 자기 발 앞에 내던지는 단 하나의 파국을 (본다). 천사는 머물러 있고 싶어하고, 죽은 자들을 깨우고 산산이 부서진 것을 한데 모아 맞추고 싶어한다. 그러나 천국으로부터 폭풍이 닥치더니 그의 날개를 꼼짝달싹 못하게 할 정도로 강하게 불어대서, 천사는 날개를 접을 수도 없다. 이 폭풍은 그가 등을 돌리고 있는 미래를 향해 끊임없이 그를 떠밀고 있으며, 그러는 사이 그의 앞에는 잔해더미가 하늘까지 치솟는다. 우리가 진보라고 부르는 것이 바로 이러한 폭풍이다."[90]

3

취리히 강연이 불러일으킨 반응들로 인해 후기 하나
가 더 필요하게 되었다. 나는 내가 취리히에서 했던 강
연이 그저 다양한 관찰과 자료 그리고 테제에 대한 미
완의 모음이라 생각했고, 이 모음은 많은 점에서 보완
과 교정이 필요하리라 여기고 있었다. 특히 이차대전의
막바지 몇 년 동안 일어난 독일 도시들의 파괴가 새로
형성된 국가에서 그 어떤 자리도 차지하지 못했다는 내
주장은, 내가 접해보지 못했던 사례들이 등장함으로써
반박될 것이라고 믿었다. 그러나 그런 일은 일어나지
않았다. 내게 전달된 수십 통의 서한들을 읽고서, 오히

려 나는 전후세대가 작가들의 증언에만 의지하려 한다면 독일 폭격이 일으킨 재앙의 진행 과정과 규모와 성격 그리고 그 결과에 대해 어떤 그림도 그려내지 못할 것이라는 내 기존의 견해를 확신하게 되었다. 물론 이런저런 텍스트가 몇몇 있기는 하지만, 우리에게 문학으로 전해진 그 몇 편조차도 양과 질의 측면에서 모두, 당시의 극단적인 집단 경험과 어떤 관련도 맺지 못하고 있다. 거의 대부분의 대도시와 수많은 소도시가 겪은, 당시 도저히 보고 지나칠 수 없었으며 오늘날까지도 독일의 인상을 좌지우지하고 있는 이 파괴의 사실은, 1945년 이후에 나온 작품들에서 어떤 침묵 지키기, 또 가족 간 대화에서 역사 서술에 이르기까지 여타의 담론 영역을 특징짓는 어떤 공백을 구성해왔다. 또한 부지런한 사람들로 알려진 독일 역사가들이 이 주제에 대해서 아직 어떠한 포괄적인 연구도 내놓지 못하고 그저 기초적인 연구만 내놓았다는 것도 내게 기이하게 여겨진다. 오직 군사사가軍事史家 외르크 프리드리히만이 자신의 책 『전쟁의 법칙』[91] 제8장에서 연합군이 추진한 파괴 전략의 진전과 그 결과에 대해 비교적 상세히 다룬 바 있다. 그러나 이러한 뛰어난 연구는 마땅히 받아야 할 관심을 조금도 받지 못했다. 해가 갈수록 점점 더 확신하게 되는 이런 파렴치한 결여는, 어린 시절 내게 분명히 무언가를 감추고 있다는 느낌을 받으며 성장했다는 것을 기억나게 한다. 그런 느낌은 집에서도 학교에서도, 심지어는 내 삶의 배후에 있을 어마어마한 것을 더 많이 알수 있지 않을까 희망하며 읽었던 독일 작가들의 작품에서도 받았다.

나는 이른바 전투 시행의 직접적인 영향을 받지 않았던 알프스 북부 자락에서 유년 시절을 보냈다. 전쟁이 끝날 무렵 고작 한 살배기였기에 그 파괴의 시절이 어떠했는지 실제 경험에 근거해서 떠올릴 수는 없다. 그럼에도 오늘날까지 전쟁 당시의 사진이나 다큐멘터리 영화를 볼 때면, 마치 내가 그 전쟁으로부터 태어난 것만 같고, 전혀 경험해보지도 않은 그 끔찍한 사건들로부터 한 치도 벗어날 수 없는 어떤 그늘에 잠겨 있는 것만 같다. 장터마을이던 존트호펜*이 1963년 시 승격을 기념하여 발간한, 지역 역사를 다룬 어느 책자에는 다음과 같은 글이 실려 있다. "전쟁이 우리에게서 많은 것

---

* Sonthofen, 제발트가 1948년부터 1963년까지 살았던 곳.

Viel hat uns der Krieg genommen, doch uns
blieb – unberührt und blühend wie eh und je –
unsere herrliche Heimatlandschaft.

Und allmählich schritten wir wieder
– begleitet vom Lachen unserer Kinder –
in eine hoffnungsfrohe Zukunft.

을 앗아갔지만, 우리에게는 우리의 아름다운 고향산천
이 언제나 그랬듯 그대로 풍요롭게 남아 있다."[92] 이 문
장을 읽으면 내 눈앞에 한 폭의 그림 같은 들길, 범람
원, 산정 초원들이 떠오름과 동시에 그 파괴된 참상이
함께 어른거린다. 그런데 내게 고향에 왔다는 그런 비
슷한 느낌을 불러일으키는 것은 완전히 비현실적인 것
이 되어버린 유년 시절의 전원 풍경이 아니라, 도착적
이게도 후자의 파괴된 모습이다. 아마도 그 파괴된 모
습이 내가 태어나 처음 몇 년간을 보여주는 더욱 강력
하고 우세한 현실이기 때문일 것이다. 내가 당시 제펠
더하우스*의 발코니에서 유모차 안에 누워 허여멀건 창
공을 향해 눈을 찡긋하고 있을 때 유럽 전역에는 하늘
로 피워올린 연기가 떠다니고 있었다는 것을 오늘날에
는 알고 있다. 동과 서에서 퇴각전이 벌어지던 하늘 위
로, 독일 도시들의 폐허 위로, 베를린에서, 프랑크푸르
트에서, 부퍼탈에서, 빈에서, 뷔르츠부르크와 키싱엔에
서, 힐베르쉼과 덴하흐, 나무르와 티옹빌, 리옹과 보르
도, 크라쿠프와 우치, 세게드, 사라예보, 테살로니키와

---

* Seefelderhaus, 베르타흐에 있는 제발트의 생가.

로도스 섬, 페라라와 베네치아에서 온 셀 수 없이 많은 사람이 소각됐던 수용소 위로 연기가 떠다니고 있었다는 것을 말이다—그 시절 유럽에서 죽음으로 내몰리지 않는 곳은 어디에도 없었다. 심지어 나는 코르시카 섬의 외딴 마을에서도 "아우슈비츠에서 죽다(Morte à Auschwitz)"라거나 "1944년 플로센부르크 수용소에서 독일인들에게 살해당하다(Tué par les Allemands, Flossenburg 1944)"라고 쓰인 묘비를 보았다. 그런데 또 내가 코르시카 섬에서, 케케묵은 가짜 바로크 양식들로 뒤덮인 모로살리아 교회당 안에서 보았던 것은—이런 여담이 허락된다면— 우리 부모님 침실에 걸려 있던 그림으로, 수난에 들기 전 달빛 비치는 짙푸른 겟세마네에 좌정해 깊은 묵상에 잠긴 나사렛예수를 아름답게 묘사한 유화식 석판화였다. 그 그림은 꽤 오랫동안 부모님 침상 위에 걸려 있다가 언제부턴가 보이지 않았는데, 아마도 새로 장만한 침실 가구를 들이는 과정에서 없어진 듯하다. 그런데 바로 그 그림이, 아니 적어도 그 것과 같은 그림이, 파올리 장군의 출생지인 여기 모로살리아의 시골 교회 안 어두컴컴한 한쪽에 있는 구석 보조제단 주춧돌에 기대어 있었다. 부모님은 결혼식을

올리기 직전인 1936년에 밤베르크에서 그 그림을 사들였노라고 이야기했다. 밤베르크는 아버지가 기병대 소속 하사관으로 수송 업무를 담당하던 곳이고, 그 기병대는 젊은 슈타우펜베르크가 아버지보다 십 년 전에 군경력을 시작했던 곳이기도 하다. 역사의 심연들은 그런식이다. 모든 것이 역사 속에서 뒤섞여 있고 그 속을 들여다보려 하면 소름이 끼치고 현기증이 난다.

나는 예전에 내 작품 중 한곳에서, 1952년에 부모님과 형제자매들과 함께 내 출생지 베르타흐에서 19킬로미터 떨어진 존트호펜으로 이사 갔을 때, 가옥의 반듯한 행렬이 폐허지에 군데군데 끊어져 있다는 사실만큼 나를 흥분시킨 것도 없었다고 쓴 적이 있다. 그 이유는 언젠가 뮌헨에서 살았던 뒤부터 쓰레기더미, 균열이 간 방화벽, 하늘이 휑하게 보이는 창문만큼 도시라는 단어와 직접 연결된 것도 없다고 여기게 되었기 때문이다. 별 볼일 없는 장터마을 존트호펜에 1945년 2월 22일과 4월 29일 폭탄이 투하된 까닭은 그곳에 산악병과 포병을 위한 대규모 병영 두 곳과, 나치스가 정권을 장악하자마자 세 군데에 설립한 이른바 오르덴부르크*라는 간부 양성소 중 하나가 있었기 때문일 것이다. 존트호펜 공습과 관련해서 생각나는 일은, 열네 살인가 열다섯 살 때 오버스트도르프 김나지움**에서 종교수업을 하던 성직자에게, 이 공습으로 나치스의 병영도 히틀러의 성채도 아닌, 말하자면 그 대신으로 교구교회와 구빈원 교회가 파괴된 것을, 우리가 신의 섭리라고 여기는 것과 어떻게 합치시킬 수 있는지에 대해 물었던 일이다. 하지만 그때 어떤 답을 들었는지는 잘

---

* Ordenburg, 기사단 성이라는 뜻이다.
** 만 11세에서 19세의 학생들이 다니는 독일 인문계 학교.

기억나지 않는다. 확실한 것은 존트호펜에 가해진 공격
으로, 전쟁 동안 발생한 약 500명의 전몰자와 실종자에
이어, 100명의 민간인 희생자가 추가됐다는 사실이고,
그들 가운데는, 내가 메모한 것에 따르면, 엘리자베트
초벨, 레기나 잘버모저, 카를로 몰트라시아, 콘스탄틴
존차크, 제라피네 부헨베르거, 체칠리에 퓌겐슈, 그리

고 교단에서 '제발다 수녀'라 불리던 구빈원 교회의 수녀 빅토리아 슈튀르머가 있었다는 사실이다. 그때 존트호펜에서 파괴되어 1960년대 초까지 복구되지 못한 건물 중 특히 두 건물이 기억에 남는다. 하나는 1945년까지 그 지역 중심에 있던 종착역으로, 주요 공간은 알고이 지역 발전소가 케이블 도르래와 전선주 등속을 보관하는 창고로 이용했고, 크게 손상되지 않은 부속 건물에선 음악교사 고글 씨가 저녁마다 몇몇 학생들을 상대로 교습을 하곤 했다. 특히 겨울에는, 그 부서진 건물속 외로이 불 켜진 공간에서 학생들이 비올라와 첼로를 활로 문지르는 모습이, 마치 암흑 속으로 떠가는 뗏목에 몇 사람이 앉아 있는 듯한 기묘한 느낌을 주었다. 또하나 내가 생생하게 기억하는 폐허는 개신교 교회에 딸린 헤르츠슐로스*라는 곳으로 세기 전환기에 지은 고급 저택인데, 정원 쇠울타리와 지하층을 제외하고 아무것도 남아 있지 않았다. 1950년대가 되자, 그 부지에서는 재앙에서 살아남은 멋진 나무 몇 그루가 매우 무성하게 자라났고, 전쟁으로 마을 한가운데 생긴 그 황무지에서

---

* Herzschloss, 영혼의 성이라는 뜻이다.

우리는 어린 시절 오후 내내 뛰어놀곤 했다. 당시 나는 계단을 밟고 지하실로 내려가는 게 무서웠던 기억이 난다. 그곳에서는 축축하고 썩은 냄새가 났고, 나는 짐승 사체나 사람 시신에 부딪칠까봐 항상 겁을 먹었다. 몇년 뒤, 헤르츠슐로스 부지에 창문도 없이 밋밋하고 흉한 건물의 셀프서비스 상점 하나가 문을 열었고, 한때 아름다웠던 그 저택의 정원은 포장된 주차장 콘크리트 바닥 아래로 영영 사라지고 말았다. 이런 것이, 지극히 빈약한 공통분모에 지나지 않아 보여도, 전후 독일사의 주요한 장面을 이룬다. 1960년대 말엽, 영국에 있다 처음 고향 방문차 존트호펜에 갔을 때 나는 그 셀프서비스 상점 외벽에 그려진 (아마도 광고 목적인 듯한) 식료품 벽화를 보고 소스라치게 놀랐다. 대략 가로 6미터에 세로 2미터쯤 되는 벽화에는, 당시의 흡족한 저녁식사 자리에라면 으레 차려졌을 법한, 핏빛에서 장밋빛에 이르는 색깔의 슬라이스 햄들이 묘사되어 있었다.

물론 그 파괴의 시대를 떠올릴 때마다, 내가 꼭 고향인 독일로 돌아가야 했던 건 아니다. 내가 현재 살고 있는 이곳*에서도 그 시절의 일이 자주 떠오르곤 한다. 독일 섬멸전을 치르는 데 이용했던 일흔여 곳의 비행장

대부분이 백작령인 노픽 주 지역에 있었다. 그중 대략 열 군데는 오늘날에도 여전히 군사시설로 쓰인다. 또 몇몇은 민간 조종사협회에 인수되었다. 하지만 나머지 비행장은 전쟁이 끝난 뒤 거의 폐쇄되었다. 활주로 위로 잡초가 자라났고 관제탑, 벙커, 골함석 막사 같은 것들은 유령이라도 나올 것 같은 반쯤 퇴락한 풍경으로 서 있다. 우리는 그곳에서 제 임무를 마치고 빠져나오지 못했거나 거대한 불길에 휩싸여 산화한 이들의 영혼을 느낄 수 있다. 내가 사는 곳 바로 가까이에 시싱 비행장이 있다. 그곳으로 가끔 개와 산책을 나가면, 바로 이곳에서 1944년과 1945년 군용기들이 그 육중한 화물을 싣고 날아올라 바다 건너 독일을 향했을 때 어떤 모습이었을지 곰곰이 생각해보곤 했다. 이 원정 비행이 있기 이태 전, 이미 노리치 상공을 비행하던 독일 공군의 도르니어** 한 대가 지금 내가 사는 집에서 그리 멀지 않은 경작지에 추락한 적이 있었다. 그 추락사고로 타고 있던 공군 네 명이 한꺼번에 목숨을 잃었는데, 그 가운데 볼러트 공군 중위는 묘하게도 나와는 생일이 같

---

* 영국의 노픽 주.
** Dornier, 비행기 제작회사 도르니어의 군용기를 말한다.

DORNIER CREW LEFT TO RIGHT . (9 MAY 42)
UFFZ BM ALBERT OTTERBACH   AGED   21
OGFW BU RUDOLF BUCKSCH   29
OBLT FF WERNER BOLLERT   30
                                    BIRTHDAY 18 MAY 1911
UFFZ BF MATHIAS SPEUSER   22

고 나의 아버지와는 나이가 같은 사람이었다.

지금까지 밝힌 이런 것들이 내 생애사와 공중전의 역
사가 교차하는 지점들이다. 이 교차 지점들은 그냥 그
것만 보면 완전히 무의미한 것들임에도 내 머릿속을 떠
나지 않았고, 마침내 다음과 같은 질문들, 왜 독일 작가
들은 수백만 명이 경험한 독일 도시들의 파괴를 서술하
려 하지 않았는가, 그리고 그러한 서술을 하는 데 왜 그
렇게 무능했는가를 추적하게 된 일말의 계기가 되었다.
내 두서없는 메모들이 대상의 복잡성을 제대로 보여주

긴 어려울 것이라는 사실을 잘 알고 있다. 하지만 나는 그 메모들이 부족한 형식으로나마, 개인적이고 집단적이며 문화적인 기억이 그 적재 한도를 깨버리는 경험을 어떻게 다루어야 하는지에 일정한 시야를 열어줄 것이라고 본다. 그동안 내가 받은 서한들에 근거해볼 때 내가 시험적으로 서술해본 것이 독일 민족국가의 심적 경제*의 민감한 부분을 건드렸던 것으로 보인다. 취리히 강연들에 관한 기사가 스위스 신문들에 실린 이후, 독일에 있는 언론사와 라디오, 텔레비전 방송국 들로부터 빗발치는 문의를 받았다. 그들은 내가 강연했던 것을 발췌해 실을 수 있는지, 또 내가 그와 관련하여 인터뷰를 해서 이 사안을 더 진술할 용의가 있는지 궁금해했다. 또한 일반인들도 내게 편지를 써서 그 취리히 원고들을 좀 봐도 되겠느냐고 요청했다. 이 청원의 일부는 결국 독일인들이 피해자로 서술된 것을 한번 보고 싶다는 욕구에서 나온 것이었다. 또 어떤 서신에서는 1946년에 에리히 케스트너가 작성한 드레스덴 시의 르포르타주, 지역사 사료 모음, 학술 자료조사 등을 예로 들면서, 내

---

* seelische Haushalt. 마치 국가의 경제나 집안의 살림처럼 심적인 에너지를 배분하고 통제하고 발산하는 시스템 같은 것이 있음을 뜻한다.

주장이 조사가 부족한 데서 나온 것이라고 반박했다. 그라이프스발트에 사는 한 여성 퇴임교수는『노이에 취르허 차이퉁』에서 내 기사를 읽고 나서, 독일이 과거와 마찬가지로 분단돼 있는 것 같아 애통했다고 한다. 그는 내 주장을 두고 서독 사람들이 또다른 독일의 문화를 전혀 모르거나 알려 하지 않았다는 증거라고 썼다. 구 독일민주공화국에서는 공중전이란 주제를 결코 회피한 적이 없고 매년 드레스덴 공습을 추념해왔다는 것이다. 그 그라이프스발트에 사는 부인은 귄터 예켈이 1945년 2월 13일[*]과 관련하여 동독 국가가 공식적 수사학을 동원해 그 도시의 몰락을 도구화했다고『드레스드너 헤프테』에 기고한 논문[93]에 대해서는 전혀 몰랐던 것 같다.

함부르크에선 한스 요아힘 슈뢰더 박사가 편지와 더불어, 1992년 니마이어 출판사에서 간행한 자신의 1,000쪽짜리 연구서『도둑맞은 시절—인터뷰에 나타난 구술사와 역사 서술: 종전 사병들의 시각에서 본 이차

---

[*] 1945년 2월 13일에서 15일 사이에 드레스덴은 네 차례의 공습을 받아 거의 완전히 파괴되었다. 드레스덴 시에서는 매년 2월 13일에 이 재앙을 추모하는 행사를 개최한다.

대전』중 함부르크 폭격을 다룬 제7장을 동봉해 보내왔다. 슈뢰더 박사는 그 부분을 읽어보면 공중전을 대하는 독일인들의 집단기억이, 내가 가정했던 것처럼 그렇게 죽어 있는 것은 아님을 알 수 있다고 했다. 내 의도는 그가 인터뷰에서 밝혀냈던바 당시 목격자들의 머릿속에 많은 것이 간직되어 있으리라는 사실을 의심하는 것과는 거리가 멀다. 하지만 다른 한편으로 그 인터뷰에서 진술된 내용들이 대개 어떤 전형적인 경로를 따랐는지 볼 때 지금도 놀라운 면이 있다. 이른바 경험 보고라는 것의 주요 문제 중 하나는 그런 보고에 필연적으로 내재하는 불충분함의 문제, 악명 높은 신뢰 불가의 문제, 그런 보고 특유의 공소함이나 기존의 틀을 답습하려는, 똑같은 것을 되풀이하려는 경향이다. 슈뢰더 박사의 연구는 트라우마가 새겨진 경험을 상기할 때 작용하는 심리적인 면에 상당 부분 주의를 기울이지 못하고 있다. 그렇기에 그는 후베르트 피히테의 소설『데틀레프의 모방 클럽 '그륀슈판'』에서 중요한 역할을 수행하는 (실제) 수축 시신 전문 해부학자 지크프리트 그레프 박사의 극도로 불길한 비망록을 여타 문서들과 별다를 바 없는 것으로 다룰 수 있었던 것이다. 슈뢰더 씨는 바로 이 저작에서 모범적으로 구현된, 끔찍한 것을 지켜보는 일이 직업인 사람들의 냉소에 면역되어 있었던 듯하다. 이미 말했듯이 나는 그 파괴의 밤들에 대한 기억들이 존재했고 존재한다는 것을 의심하지 않는다. 나는 그저 그 기억들이 일반적으로 또 문학적으로 표현되는 형식을 신뢰하지 않는다는 것이고, 그렇게 형상화된 기억들이 독일연방공화국을 형성하는 공적인 의식 속에서 국가 재건 이외에는 그 어디에서도 중요한 의미를 갖지 못했다는 사실을 말하는 것이다.

취리히 강연에 대해 폴커 하게가 쓴 『슈피겔』 기사에 바이로이트 대학의 요아힘 슐츠 박사는 독자 편지를 보내어, 그가 학생들과 함께 조사한 1945년부터 1960년 사이에 쓰인 청소년 도서에서 정도의 차이는 있으나 폭격의 밤에 대한 상세한 기억들을 접할 수 있다면서, 따라서 내 진단은 기껏해야 '정통 문학'에만 들어맞는 주장이라고 말했다. 그 책들을 읽어보진 않았지만, 나는 본디 청소년 보호를 위해 특정 부분을 삭제하는* 이런 장르에서 독일의 파국을 서술하는 적합한 규준이 나오리

---

* ad usum delphini. 도팽을 위한 방식이라는 뜻의 라틴어로, 프랑스 루이 14세 때 황태자 도팽을 교육하는 과정에서 라틴 및 고대 그리스

라고는 생각하지 않는다. 내가 받은 서신 대부분은 어떤 특수한 관심사를 고취시키려고 애를 썼다. 물론 드물긴 하지만, 서독 어느 도시에 사는 교감 선생처럼 거침없는 식인 경우도 있다. 그는 『프랑크푸르터 룬트샤우』에 실린 내 쾰른 연설을 빌미로 내게 긴 훈계조의 서신을 보냈다. 쾰른에서도 공중전을 주제로 몇 가지 이야기를 했는데, 그 주제는 익명으로 남아야 할 K 씨에게 별 관심을 끌지 못했던 모양이다. 그 대신 그는 일단 내게 앙심을 감추지 못하며 몇 마디 칭찬을 던진 뒤, 이번 기회를 이용해 내 글쓰기의 구문상 나쁜 습관들을 지적하고자 했다. 특히 K 씨를 분노케 한 것은, 점점 만연해지는 무식한 독일어의 주요 징후로 보이는, 술어를 앞쪽에 쓰는 습관이었다. 그는 그 자신이 천식 걸린 문장이라고 명명한 나의 그 못된 버릇을 거의 세 쪽마다 하나씩 찾아냈고, 올바른 언어 사용을 계속 어기는 목적과 저의에 대한 해명을 요구했다. K 씨는 비장의 언어학적 장기 몇 개를 더 선보이며 자신을 "모든 영어식 어법에 맞서 싸우는 자"라고 선포하는 한편, 그래도 "다

고전에 실린 내용 중 도덕적·정치적 견지에서 부적당하거나 민감하다고 여겨지는 부분을 삭제하고 적당히 수정했던 관행을 가리킨다.

행히" 내가 쓴 글에는 그런 어법들이 적은 편이라면서 마지못한 칭찬의 말도 건넸다. K 씨의 편지에는 'K 씨의 새로운 소식'과 'K 씨의 또다른 소식'이란 제목이 붙은 몇 편의 아주 특이한 시와 메모가 추가되어 있었는데, 그걸 읽으면서 나는 적잖이 걱정스러워졌다.

그밖에 내게 온 우편물 중에는 온갖 종류의 문학적 견본들이 있었다. 수고手稿도 있었고 가족이나 친구들을 위해 개인적으로 인쇄한 것도 있었다. 이를 보면 『슈피겔』 독자 편지에서 게르하르트 케프너(제브룩 거주)가 추론한 내용이 거의 맞아떨어지는 듯했다. 케프너 씨는 이렇게 썼다. "우리는 한때 시인과 사상가의 민족이라 칭송받았던 8,600만의 민족이 도시들의 전멸과 수백만의 실향이라는 근대 역사상 최악의 재앙을 견뎌야 했다는 사실을 염두에 두어야 한다. 따라서 이런 사건들이 그 어떤 인상적인 문학적 반향도 불러내지 못했다는 것은 믿기지 않는 일이다. 아마도 분명히 불러냈을 것이다. 다만 그 반향 중 일부만 책이 되고, 다른 일부는 서랍 속의 문학으로 남았을 것이다. 언론이 아니라면 무엇이 저 금기의 벽을 쌓고 (…) 지금까지도 그 벽을 견고히 유지하겠는가?" 케프너 씨의 견해는 많은 독자 편지가 그러하듯이 가벼운 망상을 품고 있는데, 그가 무엇을 떠올렸든, 내가 받았던 글들에서 제3제국의 붕괴와 그 제국도시의 파괴에 대한 강력한, 그러나 감추어진 반향이 울린다고는 할 수 없다. 오히려 보통 명랑한 회고담, (무심결에) 특정한 사회적 지지나 정신 상태를 드러내는 표현이 두드러진 회고담이라는 것이 문제이고, 나는 그런 표현들을 마주칠 때마다 굉장히 큰 불편함을 느낀다. 거기에는 장엄한 산악 풍경이 있고, 별 걱정 없이 고향의 아름다움을 바라보는 편안한 시선이 있으며, 크리스마스가 있고, 도를레 브라이트슈나이더가 산책을 가려고 여주인을 데리러 오면 기뻐하는 셰퍼드 알프가 있다. 우리의 당시 생활과 감정에 대한 이야기가 있다. 커피와 케이크가 함께하는 다정한 만남, 뜰과 정원에서 일하는 할머니가 수차례 언급된다. 또 식사 자리나 편안한 모임에 왔던 다양한 신사들에 대해서도 전해듣는다. 카를은 아프리카*에 있고, 프리츠는 동방**에 있으며, 남자아이는 벌거벗고 정원을 뛰어다닌다.

---

* 이차대전 당시 나치스는 아프리카에서 토착민을 내쫓고 백인의 제국을 건설하려는 계획도 세웠다.

** 독일이 독일 동쪽에 있는 유럽과 러시아를 막연하게 부르는 명칭.

이제 우리의 생각은 그중에서도 스탈린그라드*의 군인들에게 가 머문다. 할머니는 팔링보스텔에서 아빠가 러시아 전투에서 전사했다고 편지를 보낸다. 사람들은 독일 국경이 '스텝의 밀물'**에 맞서 버텨주기를 바란다. 식량 조달이 이제 최우선 과제가 된다. 엄마와 힐트루트는 빵집 주인 밑에서 일한다 등등. 이런 회고에서 계속 작용하는 왜곡의 방식을 정의하기란 어려운 일이지만, 그것은 분명 독일 소시민의 가정생활이 남긴 특징과 관련이 있다. 알렉산더 미처리히와 마가레트 미처리히 부부가 자신들의 저서 『애도할 줄 모르는 무능함』에서 제시한 병력病歷은 적어도 히틀러의 파시즘 치하에서 진행된 독일의 파국과 독일 가정의 내밀한 감정 통제 사이에 어떤 연관이 있을 것이란 점을 깨닫게 한다. 하여튼 엄청난 결과를 야기하며 발달한 사회 전체의 일탈에는 사회심리적 근원이 있을 것이라는 테제는, 그런 회고를 접하면 접할수록 더 수긍이 간다. 물론 그러한 회고에서도 올바른 통찰이나 자기 비판의 단초, 또는 끔찍한 진실이 튀어나오는 순간도 있겠지만, 대다수는

---

* 볼고그라드의 옛 이름.
** 독일이 점령한 헝가리 영토를 치고 들어오는 소련군을 의미한다.

당시의 현실과 완전히 동떨어진 순진하고 수다스러운 말투에 재빨리 빨려들고 마는 것들이다.

　내가 받은 서신과 수기 중에는 가족적 회고라는 기본 패턴에서 벗어나 오늘날까지 글쓴이의 의식에서 끓어오르는 불안과 당혹의 흔적을 내비치는 것들도 있었다. 어릴 적 공습 당시 남달리 숨죽이고 있었다고 한 비스바덴의 한 부인은 훗날 자명종 시계가 울리거나 둥근 톱이 끽끽대면, 또는 천둥이 치거나 연말에 폭죽이 터지면 엄청난 공포를 느껴 예민하게 반응한다고 썼다. 또다른 편지, 어딘가로 가는 길에 황급히 써내려간 듯, 숨 돌릴 겨를도 없어 보이는 어느 편지에는 베를린의 벙커와 지하철 갱도에서 지샌 밤으로부터 와르르 쏟아진 기억의 파편들이 담겨 있었다. 거기에는 집에서 구해냈어야 할 장신구 또는 양철 함지박에 절여놓고 나온 콩 요리에 대해 떠드는 사람들, 가슴에 품은 성경을 꽉 붙잡고 있던 어떤 여자. 그리고 영문을 알 수는 없지만 피난올 때 가져온 스탠드를 품에 꽉 끌어안고 있던 노인 등에 대한 정지 장면과 두서없는 말들이 실려 있었다. 더러 알아볼 수 없는 필체로 쓴 그 편지에서 꽉 붙잡고, 꽉 끌어안고, 라는 대목은 느낌표로 두 번씩 강조되어 있었다. "나의 떨림, 두려움, 분노―여전히 내 머 릿속에 살아 있다"라는 대목도 그랬다.

취리히에 사는 하랄트 홀렌슈타인이라는 사람으로 부터는 열두 장에 이르는 장문의 편지를 받았다. 그는 제3제국 시기에 독일인 어머니와 스위스인 아버지 사이 에 태어나 함부르크에서 유년을 보냈기 때문에 나치스 의 일상에 관해 할 말이 있다고 했다. 독일인만 출입할 것, '히틀러 만세'라고 경례하시오, 라고 상점들마다 에 나멜 판에 룬문자로 쓰여 있었다고 홀렌슈타인은 기억 한다. 그는 함부르크 공습 첫날의 이야기도 했다. 처음 엔 큰일이 일어나지 않았다고 썼다. "우리 주변 구역은 아니었습니다. 함부르크 항구가 한 차례 표적이 됐을 뿐이었지요. 그곳 석유 탱크가 말입니다. 이날 밤 우리 가 지하실로 대피했다가 다시 밖으로 나왔을 때, 그때 저는 두번째로 황급히 잠에서 깨어 여전히 비몽사몽 상 태였는데, 다시 거리로 나가자 항구 쪽 지평선 시커먼 하늘에서 활활 타오르는 화염이 보였습니다. 저는 불꽃 이 어두운 밤하늘을 배경으로 노랗고 빨갛게 섞여들어 갔다가 다시 갈라지는 그 색채의 향연을 넋놓고 구경했 습니다. 그전에도 그후에도, 그날 봤던 불꽃처럼 그렇게 깨끗하고 환한 노란색을, 그렇게 선연한 빨간색을, 그렇게 밝은 주황색을 본 적이 없습니다. (…) 오십오 년이 지난 오늘날 돌이켜보면 그 광경은 제가 전쟁에서 겪은 가장 인상 깊은 경험이었습니다. 전 몇 분 동안 거리에 서서 느리게 변화하는 색채의 교향곡을 바라보았습니다. 그날 이후 저는 어떤 화가에게서도 그렇게 진하고 빛나는 색채를 보지 못했습니다. 만약 제가 화가였다면 (…) 아마 평생토록 그 순수한 색을 찾아 헤맸을 것입니다." 이 대목을 읽으면서, 어째서 불타는 독일 도시들이 런던이나 모스크바의 대화재와 달리 그 누구에 의해서도 묘사된 적이 없었는지 하는 의문이 불현듯 떠올랐다. 샤토브리앙은 『무덤 저편의 추억』(1850)에서 이렇게 썼다. "크렘린 궁이 무너지고 있다는 소문이 파다했다. (…) 각양각색의 불길이 밖으로 퍼져서, 서로 가까워지고 합쳐진다. 병기고 탑이 성전 중앙에 놓인 촛대의 기다란 초처럼 타오른다. 크렘린 궁은 불바다의 파도가 부서지는 새까만 섬에 불과하다. 불꽃이 이는 하늘은 북극광이 반사되어 움찔하는 것처럼 보였다." 그는 이어서 묘사한다. 도시 주변에서 "사람들은 석조 궁릉이 우지끈 파열하는 소리를, 종탑의 청동종이 녹아

물줄기처럼 흘러내리고, 종탑들이 기울어지고 흔들리면서 주저앉는 소리를 듣는다. 널빤지며 대들보며 붕괴된 지붕이 둔중한 음조로 와지끈, 우두두둑 소리를 내며 가라앉고, 그곳에서 벌겋게 달궈진 파도와 수백만의 금빛 섬광이 솟구치며 퍼져나간다." 샤토브리앙의 묘사는 목격자의 묘사가 아니라 순수하게 미적인 재구성이다. 화염에 휩싸인 독일 도시들을 이렇게 파국의 파노라마로 상상해보는 일은, 많은 이가 함께 겪었고 아마도 진정으로 극복하지 못할 공포에 가로막혀 금기시됐던 것이리라. 함부르크에서 자란 그 소년은 대폭격이 시작될 무렵, 스위스로 보내진다. 그렇지만 그의 어머니는 자신이 무엇을 보았는지 나중에 그에게 전해주었다. 어머니는 일괄 수송되어 모어바이데 공원으로 가야 했다. 그곳엔 "풀밭 한복판에 지어진 벙커가 있었는데, 폭격에도 끄떡없는, 콘크리트로 만들어진 것이라 했고 지붕은 뾰족했다고 합니다. (…) 1,400명이 경악의 첫날 밤을 보내고 안전을 찾아 그곳으로 몰려들었습니다. 그러나 벙커는 직격탄을 맞아 산산조각이 났지요. 그 이후의 일은 묵시적인 수준을 보였다고 할 만합니다. (…) 이제 벙커 바깥에서 수백 명이 핀네베르크에 있는 집단수용소로 가게 되었고, 차례를 기다리는 무리 속에 제 어머니도 있었습니다. 트럭을 타려면 시체산을 넘어야 했습니다. 그 시체 중 일부는 갈가리 찢겨 부서진 벙커의 잔해들과 함께 풀밭에 널브러져 있었습니다. 또 많은 사람이 이런 광경을 보고 구토를 했고, 많은 사람이 시체들을 밟았음을 깨닫고는 구토를 했으며, 다른 사람들은 주저앉아 의식을 잃었습니다. 이것이 어머니가 제게 말씀해주신 겁니다."

반세기 이상 과거로 거슬러올라가고 또 두 번이나 걸러 전달된 것임에도 이 기억들은 경악스럽기 짝이 없지만, 이 기억조차 우리가 알고 있는 것들의 지극히 작은 파편일 뿐이다. 함부르크 폭격 이후 제3제국의 외진 곳까지 피난을 간 수많은 사람이 기억상실 상태에 있었다. 앞의 강연에서, 오버바이에른의 철도역에서 넋이 나간 어느 함부르크 여성의 가방이 열려 어린아이 시체가 튀어나온 것을 보았다는 프리드리히 레크의 일기를 인용한 바 있다. 뭐라 말하기 어려운 그 일에 대해, 나는 논평을 통해 레크가 무슨 이유로 이런 그로테스크한 장면을 지어내야 했는지는 접어두더라도, 이런 장면은 그 어떤 현실적인 틀에도 들어맞지 않기에 진정성을 의

심하게 된다고 했다. 한편 나는 몇 주 전 유대인 혈통이란 이유로 1933년 자신의 고향 알고이 주 존트호펜을 떠나 영국으로 가야 했던 어느 노신사를 방문하러 셰필드를 다녀왔다. 전후에 영국으로 온 그의 부인은 슈트랄준트에서 성장했다. 직업이 산파인 이 여성은 단호한 성격에 예리한 현실감각을 갖고 있어서 현실을 환상적으로 각색하는 그런 부류가 아니었다. 1943년 여름, 함부르크에 화염폭풍이 일어난 뒤, 당시 열여섯 살이었던 부인은 슈트랄준트 역으로 피난민 특별 수송열차가 들어왔을 때 자원봉사자로 자리를 지키고 있었는데, 그 피난민들 대다수가 완전히 제정신이 아니어서 무슨 일이 일어났는지 전혀 말하지 못했고, 말문이 막힌 상태였으며 절망으로 흐느끼거나 울부짖기만 했다고 한다. 그런데 이 함부르크발 수송열차를 타고 온 여자 중에는 실제로 짐 꾸러미에 죽은 자식을, 연기에 질식해 죽었거나 공습으로 불타 죽은 자식을 챙겨온 이가 많았다고 했다. 그렇게 무거운 짐을 끌고 도망쳐나온 어머니들이 어떻게 되었는지, 그들이 다시 일상생활에 적응할 수 있었는지, 그랬다면 어떻게 그랬는지, 우리는 알지 못한다. 하지만 그런 기억의 파편들을 통해 우리는 그 재앙의 진원지에서 도망친 사람들의 영혼 속에 드리워진 트라우마의 수심水深을 재보는 일은 불가능하다는 것을 파악하게 된다. 이들 대다수가 택하는 침묵의 권리는, 생존자 중 많은 이가 폭탄이 터진 지 이십 년이 지난 뒤에도 그날 무슨 일이 일어났는지 전혀 말을 하지 못했다고 하는, 1965년에 오에 겐자부로가 쓴 히로시마에 관한 기록에 나오는 생존자의 경우처럼 침범할 수 없는 것이다.[94]

그 불가능한 진술을 해보려고 애쓴 어떤 사람은 내게 편지를 보내, 자신은 수년간 베를린에 관한 소설을 쓰려고 궁리했고, 아주 어릴 적의 그 기억들을 글로 썼어내고 싶었다고 했다. 그런 기억 중―아마도 핵심적인 경험이었을―하나가 베를린 시에 가해진 폭격이었다. "나는 빨래바구니에 누워 있었고 하늘은 멀리 복도까지 격렬한 빛을 드리우고 있었다. 붉은 어스름 속에서 어머니는 겁먹은 얼굴을 내게 가까이 댔다. 내가 지하실로 옮겨졌을 때, 내 위로 천장 들보가 들리더니 이리저리 흔들렸다."[95] 이 구절을 쓴 저자는 현재 레겐스부르크 대학의 독일문학 강사인 한스 디터 셰퍼이다. 나는 그가 1977년에 발표한 0시*의 신화, 더 정확히는 긴 세월 아무도 문제삼지 않았던 '새 출발'을 잇는 개인사적·작품사적 연속성을 다룬 한 논문에서 그의 이름을 처음 접했다.[96] 이 논문은 비교적 간결한 형식이었지만, 발간되자마자 독일의 전후문학을 다룬 가장 중요한 연구성과로 꼽힐 만한 것으로, 즉 1945년에서 1960년 사이에 나온 적잖은 수의 작품들이 갖는 이른바 진리내용에 관한 문학연구의 입장을 숙고하게 해준 논문이었다. 하지만 안 그래도 숨길 것이 많고 오랫동안 사지로 달리던 독일문학이 셰퍼의 비판을 받아들일 리 없었으며, 권위 있는 작가의 이미지에 감히 흠집을 내는 자는 오늘날까지도 좋지 못한 소리를 감수해야 한다. 아무튼 셰퍼는 어린 시절의 끔찍한 사건을 찾아 밝혀내기로 마음먹고, 도서관과 문서고에 앉아 자신의 서류철에 수많은 자료를 채워넣었으며, 1933년도 그리벤 여행안내서에서 도움을 받아 이야기에 나오는 장소를 지리적으로 짚어보는 한편, 몇 번이고 반복해서 베를린으로 날아갔다. 셰퍼는 자기 계획의 실패를 보고하면서 다음과 같

---

* Stunde Null. 1945년 5월 8일 밤 12시, 즉 5월 9일 0시 독일이 무조건적으로 항복한 순간을 가리킨다. 독일이 치욕스러운 과거사와 결별하고 새롭게 시작하는 대전환점이라는 뜻으로 사용되는 단어이다.

이 썼다. "비행기가 베를린 도시 상공을 날아가고 있었다. 8월의 어느 저녁이었고 뮈겔 호수가 자줏빛으로 달아오르기 시작했다. 어느덧 슈프레 강에 어둠이 깔렸고, 승전탑의 천사는 무거운 주철 날개로 날갯짓을 하는 듯했다. 천사는 악의에 찬 호기심으로 나를 굽어보았다. 알렉산더 광장의 승전탑 아래로 해가 기울고 있었고, 쇼윈도가 짙은 어스름에 잠기고 있었다. 서녘의 저녁노을이 샤를로텐부르크 궁전 뒤로 느릿하게 지더니 호수의 수면을 물들이며 잔잔하게 타올랐다. 지상에 가까이 다가가면 갈수록 끝없는 차량 행렬 소리가 더 세차게 쉭쉭거렸다. 한쪽으로 몸을 돌리자 동물원에서 오리들이 고랑을 이루며 가지런히 떠가는 것이 보였다. 얼마나 멍하니 동물원 입구에 서 있었던가. 어두운 나무 그늘을 향해 쇠고랑을 찬 코끼리들이 움직였고, 저 어두컴컴한 곳에 내 발소리를 엿듣는 귀가 숨어 있었다."[97]

동물원—그것은 무수히 빚어진 참혹한 순간들, 시간들, 시절들을 묘사하는 중요한 한 장이 될 것이다. 하지만 제퍼는 결코 "그 끔찍한 사건들을 그 사건 본래의 압도적인 힘 안에서 되살려내는 글쓰기"[98]를 하지 못했다고 고백한다. "내가 더 엄격히 (…) 찾고자 하면 할수록, 기억 속을 헤집는 일이 얼마나 어렵게 진행되는 것인지 더 강하게 깨달을 수밖에 없었다."[99] 그의 기억 속에 가물거리는 것이 무엇이었는지에 관해서는 그가 편집한 동물원 관련 자료집인 『이차대전 시기의 베를린』[100]이 실마리를 던져준다. 이 자료집의 '1943년 11월 22일부터 26일까지의 지역폭격'이란 장에는 두 권의 책(카타리나 하인로트, 『나비가 그 시작이었다—브레슬라우, 뮌헨, 베를린에서 동물들과 함께한 나의 삶』, 뮌헨, 1979. 그리고 루츠 헤크, 『동물—나의 모험. 야생과 동물원에서의 경험들』, 빈, 1952.)에서 발췌한 부분이 수록되어 있는데, 거기에 공습으로 황폐해진 동물원의 모습이 담겨 있다. 막대 소이탄과 형광체 석유통이 동물들의 막사 열다섯 채에 불을 질렀다. 영양들과 맹수들의 막사, 관리사무소 건물, 동물원 관장 저택이 전소되었고, 원숭이 막사, 검역소, 메인 레스토랑, 코끼리들의 인도 사원 등은 심하게 박살났거나 손상을 입었다. 미처 대피시키지 못한 동물들 2,000여 마리 중 3분의 1은 죽음을 맞았다. 사슴들과 원숭이들은 도망갔고 새들은 산산조각난 유리지붕을 통해 날아갔다. 하인로트는 "도망간 사자들이 근처

126

빌헬름 황제 기념교회 근방에서 미쳐 날뛰고 있다는 소문이 들렸다"라고 기록했다. "하지만 실제로 그 사자들은 질식하여 새까맣게 탄 채로 우리 안에 있었다."[101] 그다음 날에는 화려한 3층짜리 수족관 건물과 30미터 길이의 악어 홀이 공중지뢰를 맞아 파괴되었다. 인공 정글도 참화를 입었다. 헤크의 기록에 따르면, 주저앉은 인공 정글의 콘크리트 덩어리 아래에는 흙, 깨진 유리 조각, 부러진 야자수 나무줄기, 고통으로 몸을 돌돌 감은 거대한 도마뱀들이 발목까지 차는 물속 또는 방문객이 드나드는 계단 위에 널려 있었고, 다른 한편으로는 몰락하는 베를린의 불빛이 활짝 열린 문을 통해 붉게 비쳐들었다. 참혹하기는 청소작업도 마찬가지였다. 막사의 잔해에서 죽은 채 발견된 코끼리들은 며칠 뒤에 그 자리에서 토막을 내야 했고, 그 작업을 위해 두꺼운 가죽으로 둘러싸인 코끼리의 가슴팍을 열고 산처럼 덩어리진 내장 뭉치를 후비고 들어가야 했다. 이런 끔찍한 이미지들은 인간이 견디는 고통에 대해서 보통은 한번 걸러지고 정형화된 형태를 따르게 마련인 기존의 경험담 형식을 깨부수기 때문에 우리를 특히 경악에 휩싸이게 한다. 그리고 그 대목을 읽으면서 우리는, 동물원은 과거 군주와 황제가 자신의 힘을 과시하려는 욕망에서 유럽 전역에 세운 것이었다는 사실과, 그것은 또한 에덴동산을 본뜬 일종의 낙원이었다는 사실을 문득 떠올리면서 다시 한번 공포에 사로잡히게 되는 것이다. 그러나 그중에서도 특히 주목해야 할 것은, 이 베를린 동물원의 파괴에 대한 지나치게 자세한 묘사가 평범한 감수성을 지닌 독자에게 어떤 반감도 사지 않은 유일한 이유인데, 그것은 그 묘사가 극한상황에서도 이성을 잃지 않는, 아니 식욕조차 잃지 않는 헤크와 같은 전문가, 즉 "악어 꼬리를 큰 솥단지에 삶았더니 기름진 닭고기 맛이 났다"거나 "우리에게 곰으로 만든 햄과 소시지는 별미였다"라고 쓰고 있는 전문가의 펜 끝에서 나온 것이기 때문이다.[102]

본론을 벗어나 열거한 이러한 자료는, 우리가 도시의 삶이 완전히 망가진 당시 현실을 다루는 방식이 매우 변덕스러웠음을 보여주는 증거이다. 가족적 회고, 단편적 일화만을 담은 습작, 헤크나 하인로트의 회고록 같은 책들에 침전되어 있는 것을 일단 옆으로 치워놓고 나면, 우리가 이야기할 수 있는 것은 고작 지속적인 회피와 저지뿐이다. 자신이 계획한 글을 포기한 것에 대한 셰퍼의 논평도, 하게가 언급한 바 있는 볼프 비어만의 진술도, 이런 방향을 가리킨다. 볼프 비어만은 자신의 삶의 시계를 여섯 살 반에 멈추게 한 함부르크 화염폭풍에 관한 소설을 쓸 수 있다고 한 적이 있다. 세퍼나 비어만 그리고 여타 사람들이 다들 그럴 수밖에 없었듯이, 당시 삶의 시계가 멎어버린 사람들 역시 자신들의 외상적 경험을 다시 정리해내지는 못했다. 이는 아마도 사태 자체에 원인이 있거나 당사자들의 사회심리적 기질에 그 원인이 있을 것이다. 어떤 경우든 우리가 공중전의 참상을 역사적으로나 문학적으로 재현하여 공적인 의식으로 끌어올리는 데 성공하지 못했다는 주장을 반박하기는 어려울 것이다. 취리히 강연을 준비하면서 알게 된 것은, 독일 도시의 폭격을 상세히 다룬 문학작품들이 유독 많이 사라졌다는 사실이었다. 그 제목부터 어딘지 수상쩍은 『불굴의 도시』라는 작품은 1949년에 발간된 이후로 재간되지 않았다. 폴커 하게가 『슈피겔』에 썼듯이, 저자 오토 에리히 키젤은 이 소설로 지역사적 관심 이상을 끌지 못했고, 작품의 전체 구상이나 실제 재현에서 전쟁 막바지 몇 년간 이루어진 독일인들의 와해 문제를 다룰 만한 수준에 미치지 못했다. 그러나 하게가 상세한 설명 없이 쓴 것처럼, 부당히도 망각에 파묻히고 만 게르트 레디히의 경우는 평가하기가 조금 어려운데, 그는 『스탈린 오르간』(1955)이라는 소설을 발표해 큰 이목을 끌고 그 뒤 일 년 만에 다시 200쪽에 달하는 소설 『보복』을 발표함으로써, 독일인들이 그들 자신의 최근 과거사에 관해 읽을 수 있는 한계를 넘어선 글을 잇따라 내놓았다. 『스탈린 오르간』이 바이마르공화국 말기 급진적인 반전문학의 영향권에 들어 있음을 보여준다면, 『보복』은 어느 익명의 도시에서 공습이 있었던 한 시간 동안 빚어진 온갖 사건을 쫓기는 듯한 스타카토 리듬으로 추적하여 마지막 남은 환상에 질타를 퍼붓는 내용으로, 저자 레디히가 문학계의 변방을 지향하고 있었음을 보여주는 소설이다. 이 소설 속에서는 앳된 티를 이제 막 벗은 방공포 보조 사병들의 처참한 종말, 신을 부인하게 된 사제의 신성모독, 만취한 군인들의 방종, 강간과 살인, 자살 등이 다루어지고, 또 항상 그렇듯이 신체 고문이 빠지지 않는데, 산산조각난 이와 턱, 갈기갈기 찢긴 폐, 열어젖혀진 흉곽, 파열한 두개골, 새어나오는 피, 기괴하게 접히고 으깨진 사지, 산산조각난 골반, 콘크리트판 무더기에 깔린 채 여전히 몸을 꼼지락대는 매몰자 들, 폭발의 진동음, 폐허의 산사태, 먼지구름, 불, 연기 같은 것들이 다루어지고 있다. 그 사이사이에 개별 인물들에 대한 다소 정적인 대목들과 이런 죽음의 시간에 생을 마감한 이들의 소식을 고인의 습관, 기호, 소망 같은 빈약한 정보와 더불어 전하는 부고 기사들이 이탤릭체로 인쇄되어 있다. 이 소설의 질을 이러쿵저러쿵 따지는 것은 간단치 않은 문제이다. 그 소설에서 어떤 점은 놀랄 만큼 정확하게 포착돼 있지만, 또 어떤 점은 서투르고 과민한 것처럼 보인다. 그렇지만 그것이 『보복』과 작가 게르트 레디히를 망각에 빠지게 할 만한 미학적 약점은 분명 아니라고 생각한다. 레디히는 **독불장군과도 같은 사람**(maverick)이었던 듯하다. 레디히 항목을 수록한 몇 안 되는 백과사전 중 하나에는 이렇게 쓰여 있다. "라이프치히의 어려운 가정에서 태어나, 모친이 자살한 뒤에는 친척들에게 맡겨져 자랐다. 교사 양성학교의 견습반을 다녔고, 이어서 전기공학 전문학교를 다녔다. 열여덟 살에 군대에 자원입대하여 사관후보생이 되었으나, 러시아 출정에서 '선동연설'을 했다는 죄목으로 징역대에 끌려갔다. 다시 부상을 당한 뒤에 더이상 전선에서 쓸모가 없게 되자 학업 휴가가 주어졌다. 그는 선박 건조 기술자가 되었으

며, 1944년부터 해군에서 산업 실무자로 일했다. 전쟁
이 끝나자 라이프치히로 귀환 도중 러시아군에게 (…)
스파이 혐의로 체포되었다. 그러나 그는 이송행렬에서
탈출했다. 일단 빈털터리로 뮌헨에 돌아와 무대 설치
가, 외판원, 공예가로 일했고, 1950년부터 삼 년 동안
오스트리아 미군 본부에서 통역사로 일한 뒤, 잘츠부르
크의 어느 회사에서 엔지니어로 일했다. 1957년부터는
전업 작가로 활동하며 뮌헨에 거주하고 있다."[103] 이런
약간의 정보만 봐도, 레디히라는 작가가 그 출신과 성장
배경 면에서 전후에 형성된 작가들의 전형과 얼마나 어
긋나 있는지 잘 알 수 있다. 그가 47그룹*에 있는 모습
은 상상조차 할 수 없다. 그가 의식적으로 강행한, 혐오
와 불쾌를 일으키려고 작정한 그 비타협성은 이미 경제
기적이 시작된 시기에 무정부적 혼란이라는 망령을, 전
체 질서를 붕괴시킬 듯한 전반적 해체와 황폐화, 인간
의 야수화와 무법성, 회복 불가능한 폐허에 대한 두려
움을 또다시 불러내는 것이었다. 레디히의 소설들은 오
늘날 언급되고 다루어지는 1950년대 다른 작가들의 작

* 전후 독일에서 생겨난 작가·예술가들의 모임. 새로운 독일문학의
창조를 모색하고, 반나치주의와 인도주의를 표방했다.

업과 비교했을 때 어떤 점에서도 뒤지지 않지만 문화적 기억에서는 제외되어버렸다. 그 이유는 실제로 출현한 디스토피아의 결과로 만들어진 죽음의 지대에 사회가 둘러친 검역지대(cordon sanitaire)를 그의 소설들이 뚫을 위험이 있었기 때문이다. 여담이지만, 알렉산더 클루게의 의견에 따르면, 이러한 디스토피아의 침입은 산업화된 규모로 작동하는 파괴 체계의 산물인 것만이 아니라, 표현주의의 부흥 이래 더욱 맹목적으로 선전된 몰락과 파괴의 신화가 만든 결과이기도 하다. 프리츠 랑의 1924년도 영화 〈크림힐트의 복수〉는 '최종 전투'라는 파시스트적 수사학을 뚜렷이 선취하면서 그 패러다임을 가장 적확하게 보여준 작품이었다. 그 영화에서는 한 민족의 무장세력 전체가 파멸의 나락 속으로 반쯤은 자신도 모르게 제 발로 들어가 끝내 경악스러운 방화광적인 볼거리를 제공하면서 화염 속으로 사라져버린다. 랑 감독이 테아 폰 하르보우의 환영들을 바벨스베르크*에서 독일 관객을 위해 영화화하는 동안, 독일군의 병참학자들은 히틀러 집권 십 년 전에 이미 '케

---

* 포츠담의 한 구역으로 독일의 충무로와 같은 곳.

루스키 판타지'* 작전, 즉 독일 땅에서 프랑스군을 전멸시키고 전 국토를 황폐화시켜서 국민 수를 급감시키고자 했던 실로 소름끼치는 작전 계획안에 착수했다.[104] 그렇지만 이러한 전략적 극단주의를 처음 제시하고 옹호한 슈튈프나겔 장군도 중국에 가서는 독일 땅의 폐허화라는 이 신新헤르만 전투의 실제적 결말을 상상조차 해보지 못했을 것이다. 그리고 우리 자신이 전쟁의 공범자라는 사실을 어렴풋이 알고 있었기에, 훗날 우리 중 누구도, 국가의 집단적 기억을 보존할 임무를 지닌 작가조차도, 치욕적인 기억 속 장면, 예컨대 1945년 2월 드레스덴 구광장에서 6,865구의 시신이 트레블링카 강제수용소에서 경험을 쌓은 나치 친위대에 의해 장작더미 위에서 소각되는 장면을 상기시켜서는 안 되었던 것이다.[105] 오늘날까지도 그 모든 몰락의 사실적이고 처참한 장면을 다루는 것에는 불법적인 어떤 것, 이 글

---

* Cheruskerphantasie, '케루스키'는 게르만의 민족영웅 헤르만(라틴명, 아르미니우스)이 이끌던 부족의 명칭이다. 케루스키족의 헤르만 족장은 서기 9년 토이토부르크 숲에서 2만의 로마군을 격퇴하여 게르만의 영토를 지켜냈다. 나폴레옹 침공으로 헤르만이 재조명되기 시작해 19세기 독일 민족국가가 건립되자 건국의 아버지로 추앙받았다. 이후 헤르만 전투는 독일 수호의 상징이 되었다.

도 완전히 피해갈 수 없는, 거의 관음증적이라 할 만한 것이 있다. 그렇기 때문에 독일 북부 데트몰트 시에서 근무하는 한 교사가 얼마 전 내게 전한 이야기, 그가 유년 시절에 전쟁 직후 함부르크의 서점 계산대 밑에 펼쳐져 있던, 화염폭풍에 휩쓸린 거리 곳곳에 널브러진 시체들의 사진들을 마치 포르노 사진 어루만지듯 손으로 만지작거리는 이들을 종종 보고 지나쳤다고 한 이야기는 그리 놀라운 것이 아니었다.

마지막으로 논평할 편지 하나가 더 남아 있다. 그 편지는 다름슈타트에서 온 것으로『노이에 취르허 차이퉁』편집국을 통해 지난해 6월 중순 내게 전달되었고, 공중전 관련 서신으로는 지금으로서는 가장 마지막에 온 것이다. 나는 내 눈을 도저히 믿을 수 없었기에 그 편지를 여러 번 다시 읽어야 했다. 그 편지는 연합군이 공중전으로 독일인들의 도시들을 파괴함으로써 독일인들에게서 그들 자신의 유산과 전통을 잘라내버린 뒤, 전후에 실제로 있었던 문화적 침략과 보편적 미국화를 예비하려는 목적을 따랐다는 주장을 담고 있었다. 이 의도된 전략은 외국에 사는 유대인들이 생각해낸 것이고, 그것도 잘 알려져 있다시피 그들이 방랑생활을 하면서 터득한 인간 심리와 이방의 문화와 정신세계에 대한 특수한 지식으로부터 고안한 것이라고, 다름슈타트에서 온 편지에는 쓰여 있었다. 단정적이면서도 사무적인 문체로 작성된 그 글은, 그 편지에 제시된 테제에 대한 전문적 평가서를 동봉해 다름슈타트로 답신해줄 것을 나에게 요청하면서 끝난다. 이 편지를 쓴 H 박사라는 사람이 누구이며 직업은 무엇인지, 그가 극우 집단이나 극우 정당과 연계돼 있는지, 나는 알지 못한다. 또 그가 자신의 서명 끝에 한번은 손으로, 한번은 컴퓨터로 그린 작은 십자표에 대해서도, H 박사 같은 부류의 사람들이 어디에나 있으며, 이들은 독일의 건강한 관심사에 반하는 은밀한 음모가 진행되고 있다고 의심하고 또 기꺼이 어떤 결사대 같은 곳에 소속되어 있다는 것 말고는 말할 수 있는 것이 없다. 그들은 자신의 시민적이거나 소시민적인 출생 배경 때문에 귀족처럼 국가민족의 보수적 엘리트를 대표한다고 주장할 수 없게 되면, 대부분 자신을 자칭 기독교적 서양이나 민족적 유산의 정신적인 변호자로 분류한다. 보다 높은 법칙의 부름을 받아 자기 정당화를 꾀하는 단체에 들어가려는 욕구는 1920년대와 1930년대에 우익 보수주의자들과 우익 개혁주의

자들 사이에서 커져나갔다. 시인 게오르게의 「동맹의 별」에서부터 로젠베르크가 1933년 은총의 해*에 펴낸 『20세기 신화』에서 선전했던, 도래할 왕국을 위해 남성 연맹을 창립하자는 이념까지 동일 선상에 있다. 애당초 나치 돌격대와 친위대 결성도 권력을 직접 행사하자는 목적만이 아니라 새로운 엘리트를 양성하자는 목적에서 비롯한 것이었고, 이 엘리트의 무조건적 충성은 특히 세습귀족에게 향후 반드시 필요한 것이었다. 독일군 내의 귀족계급과 양계업자 출신 힘러처럼 조국의 수호자라 으스대던 소시민계급의 졸부나 출세주의자 사이에 벌어진 쟁탈전은 아직 서술된 적 없는 독일 부패 사회사의 주요한 한 장이 될 것임이 분명하다. 대체 어떤 점에서 H 박사가 자신의 비밀스러운 십자가를 이러한 맥락에 맞추는 것인지 알아낼 수는 없겠지만, 적어도 그를 저 불행한 시기의 망령이라 부를 수는 있을 것이다. 내가 알아낸 바에 따르면, 그는 내 연배쯤 되었고, 따라서 나치즘의 직접적인 영향하에 있던 세대도 아니다. 또한 내가 이런 얘기를 해도 된다면, 그는 다름슈타

---

* 1933년은 나치스가 정권을 잡고 독재 체제를 확립한 해이다.

트에서 책임질 수 없는 정신 상태(그의 괴상한 주장이 용서받을 수 있는 유일한 사정이 있다면 바로 이것 하나일 텐데)로 악명 높았던 것도 아닌 것 같다. 오히려 그는 전적으로 건강한 정신 상태를 유지하면서, 분명 그럭저럭 괜찮은 환경에서 살고 있는 듯했다. 분명 한쪽에 있을 광기 어린 망상과 그 반대쪽에 있을 생활의 유능함이 이렇게 일치하는 것이야말로, 20세기 전반 독일인들의 머릿속에서 생겨난 특수한 단층선을 표시하고 있다. 이 단층선이 나치 간부들이 서로 주고받던 서한의 필치에서보다 더 잘 드러나는 곳도 없다. 그리고 그 필치는 소위 객관적 관심이라 하는 것과 망상을 희한하게 결합시키면서 H 박사가 집필한 상상까지도 규정하고 있다. H 박사가 스스로의 예리한 통찰력에 대한 긍지를 느끼며 제공한 그 '테제들' 자체는 이른바 「시온의 현자 의정서」라고 하는 것의 아류에 지나지 않는다. 그것은 저 차르 치하의 러시아에서 떠돌던 날조된 사이비 문서로, 그에 따르면 유대계 인터내셔널은 세계 지배를 획책하여 음모와 배후조종을 통해 전 민족을 파멸에 몰아넣으려 한다는 것이다. 이런 공상의 가장 악랄한 변종은 독일에서 일차대전이 끝난 뒤 맥주 테이블에서 언론과 문화산업을 거쳐 국가기관과 마침내 입법기관에 이르기까지 영향을 미친 전설로, 그것은 보이지 않으면서도 항상 존재하는, 민족의 몸을 안쪽부터 찢어발기는 적에 대한 전설이다. 공공연히 드러내든 비밀스럽게 감추든 그 적은 유대계 소수민족이었다. H 박사가 이런 책임전가론을 완전히 그대로는 이어받을 수 없었던 것이 자명하다. 연합군의 공중전 전투가 개시되기 한참 전부터, 독일인들의 전 권력 분야에서 유대인을 색출하는 수사와 고발이 시작되어, 유대인들의 공권 및 소유권 박탈, 추방과 체계적 말살로 이어졌기 때문이다. H 박사가 신중한 태도로 자신의 추측을 외국에 사는 유대인들로 한정한 것은 이 때문이다. 만일 그가 독일 파괴에 책임이 있다고 추정한 유대인들이 증오의 감정에서 그런 것이라기보다 이방의 문화와 정신세계에 대한 그들의 특별한 지식에 입각해서 그렇게 행동했다는 것을—자기식의 각색을 덧붙여—입증하려는 것이라면, 이것은 도착적인 변신 귀재 마부제 박사(Dr. Mabuse)가 프리츠 랑의 동명 영화에서 보여준 것과 똑같은 행동을 그들에게 전가하는 것이다. 태생이 불분명한 마부제는 그 어떤 환경에도 적응할 줄 아는 자이다. 우리는 첫 장면에서 마부제가 투기꾼 슈테른베르크로 등장해 불법 주가 조작을 통해 주식시장의 거래를 붕괴시키는 것을 본다. 영화가 더 진행되면 그는 도박꾼으로 불법 카지노에 나타난다. 그는 이제 범죄조직의 보스이자 위조지폐 제조업자이고 대중선동가이며 사이비 혁명가 그리고 '잔도어 벨트만'*이라는 불길한 이름의 최면술사로 활동하여 그에게 극력 저항하는 이들에게 특히 막강한 영향력을 행사한다. 카메라는 아주 잠깐 의지를 마비시키고 영혼을 파멸시키는 이 전문가의 집 대문에 붙어 있는 '정신분석학—박사 마부제'라는 명패를 비춘다. H 박사가 상상했던 외국의 유대인들처럼 마부제도 증오라는 감정을 모른다. 그에게 중요한 것은 오직 권력과 그 권력을 쟁취하여 얻는 즐거움뿐이다. 그는 인간 심리에 정통해 있기 때문에 자기 희생양들의 머릿속을 꿰뚫어볼 수 있다. 그는 자신과 도박판에 앉은 이들을 망쳐버리는데, 그렇게 톨트 백작을 파멸시키고 그의 부인도 빼앗으며 그의 적수인 변호사 폰 벵크를 죽음 직전까지

---

* Sandor Weltmann, 잔도어(Sandor)는 그리스의 알렉산더를 지칭하는 헝가리어를 다시 독일어로 옮긴 것이며, 벨트만(Weltmann)이란 성은 세계인, 코스모폴리탄, 세속인 등의 뜻을 함축한 것이다.

몰고 간다. 폰 벵크는 테아 폰 하르보우가 생각해낸 줄거리 도식에서 프로이센 귀족을 대변하는 유형으로, 위기에 빠진 시민계급은 그에게 질서 유지의 임무를 맡긴다. 결국 그는 군대를 파병하여 (경찰력만으로는 안 되었던 것이다!) 마부제의 저항을 쳐부수고, 이로써 백작 부인과 독일을 구해내는 데 성공한다. 프리츠 랑의 영화는 19세기 말부터 독일인들 사이에 만연해 있던 이방인 혐오의 전형적인 양상이 어떠했는지를 보여준다. H 박사가 이른바 독일 도시들의 파괴 전략을 개발해냈다는 유대인 영혼 전문가들에 대해 쓴 내용은 우리의 집단적인 정신 상태가 신경증으로 치달았을 시기에 그 기원을 두고 있다. 오늘날의 시각에서 보면, 우리는 H 박사의 의견을 어떤 구제불능 인간의 황당무계한 의견으로 무시하고 싶어질 것이다. 물론 그의 의견은 분명 황당무계하다. 그럼에도 그의 의견은 바로 그 황당무계함 때문에 적잖이 소름이 끼친다. 왜냐하면 우리 독일인들로 인해 이 세계에 닥친 어마어마한 고통의 시초에는 우리가 무지와 르상티망(Ressentiment)에서 퍼뜨렸던 망상에 찬 소문들이 있었다고 볼 수 있기 때문이다. 대다수 독일인은 바로 우리가, 우리가 한때 살았던 도시들의 초토화를 유발한 장본인이었음을 적어도 오늘날에는 알고 있기를 바란다. 나치스의 공군 원수 괴링이 기술적 수단만 가능했다면 런던을 초토화시켰을 것이란 사실을 의심하는 사람은 오늘날 거의 없을 것이다. 나치스의 건축가 슈페어는 히틀러가 1940년에 제국 수상 관저에서 열린 어느 저녁 만찬에서 대영제국의 수도를 완전히 파괴시키는 상상을 한 적이 있다고 술회했다. "런던의 지도를 보신 적이 있습니까? 불씨 하나만 떨어져도 도시가 전부 파괴될 만큼 건물들이 오밀조밀 붙어 있습니다. 이백 년 전에 벌써 한번 그랬듯이 말입니다.* 괴링은 최신형 화염폭탄으로 런던의 온갖 구역에 불을 내고자 했습니다. 도시 전역에 말이지요. 수천 군데쯤을요. 그러면 그 불들이 거대한 화염을 이루며 도시 전역으로 번질 겁니다. 괴링만이 전적으로 옳은 생각을 하고 있습니다. 런던을 완전히 궤멸시켜버리려면 파쇄폭탄은 별 효과가 없고 화염폭탄은 가능할 거란 사실 말입니다. 런던은 완전히 파괴될 거예요. 일단 불이 번

---

* '런던 대화재'를 가리킨다. 1666년 빵 공장에서 시작된 불이 옮겨 붙어 런던 전역을 태웠다. 이후 런던 시민들은 오랫동안 화재의 공포 속에서 살았다.

142

지면 영국 소방대가 무엇을 할 수 있겠습니까?"[106] 이 도취적인 파괴의 꿈은 실제 폭파전의 선구적인 작업들이—게르니카, 바르샤바, 베오그라드, 로테르담에서—독일인들에 의해 실현되었다는 사실을 환기시킨다. 우리가 쾰른과 함부르크와 드레스덴에서 겪었던 화염의 밤들을 생각할 때면 다음의 사실도 떠올려야 한다. 1942년 8월, 독일 육군 제6군의 선봉이 일찌감치 볼가 강에 도착하여 그중 적지 않은 이가 전쟁이 끝나면 고요한 돈 강 기슭에 버찌나무 밭을 일구며 정착하는 단꿈을 꾸고 있었을 때, 훗날의 드레스덴처럼 당시 난민들의 물결로 넘쳐나던 스탈린그라드 시는 1,200대의 전투기로 폭격을 당하고 있었으며, 공중폭격이 진행되는 동안 볼가 강 건너편에 주둔해 있던 독일군들 사이에서는 그 공습으로 4만 명에 이르는 러시아인들이 희생되었다는 소식에 환희의 감정이 퍼져나가고 있었다는 사실을.[107]

작가 알프레트 안더쉬

독일문학은 알프레트 안더쉬에게서
가장 건실하고 독자적인 재능 한 가지를 얻게 되었다.
알프레트 안더쉬, 직접 작성한 광고문

문인 알프레트 안더쉬는 평생 성공도 실패도 빠짐없이 맛보며 살았다. 그는 1958년 스위스로 '이민'을 갈 때까지 확장일로에 있던 서독 문단에서 라디오 방송국 편집국장으로, 『텍스테 운트 차이헨』의 편집인으로, 또 독일을 이끄는 '화제의 인물'로서 (그가 자신의 어머니에게 말했던 것과 같이)[1] 핵심적인 위치를 차지했다. 훗날 그는 얼마쯤은 자발적으로 또 얼마쯤은 마지못해 점차 변방으로 밀려나게 되었다. 한편에서는 안더쉬가 몸소 구상하고 퍼뜨린 주변, 분리, 이탈, 도피 같은 개념들이 그의 이미지를 대체로 결정했지만, 그렇다고 해서 그가 동시대의 다른 문인들보다 출세에 대한 욕망과 집착이 컸다는 사실은, 앞으로 제시될 전기적 자료들이 보여주겠지만 뒤바뀌지 않는다. 안더쉬가 자신의 어머니에게 보낸 편지에서 드러나는 것처럼 그는 자기 작업의 의의를 결코 낮게 평가하지 않았다. "윙거 방송*은 약간 화제가 됐어요." 그는 또 1950년에 윙거가 집필한 반유대주의 작품을 반박하는 시대극을 두고 "내가 지금까지 손댄 것 중 최고였고요, (…) 프리드리히 볼프의 희곡「맘로크 교수」(1933)보다 훨씬 훌륭했지요"라고 했다. 뮌헨에서 안더쉬는 자신이 "힘차게 부상하고 있다"라고 생각한다. 출판사는 소설『잔지바르 또는 마지막 이유』의 출판을 기념하여 프랑크푸르트 도서전 행사 기간에 "대대적인(groß) 환영회를 열어줄" 예정이었다. 그뿐 아니라 엄마에게 보낸 같은 편지에서 그는 "우리 시대의 가장 위대한 문학사가 무슈크 교수가 소설에 더할 나위 없는 호평을 써주었다"라고 전했다. 그러면서 안더쉬는 또다시 "위대한(groß) 라디오 방송극에 한창" 빠져 있거나 "위대한 신작 소설"을 손대고 있거나, 아니면 "위대

---

* 작가이자 극우사상가 에른스트 윙거를 다룬 방송을 말한다.

한 라디오 방송을 끝낸 뒤"라고 했다. 또한 『노이에 취르허 차이퉁』에 연재소설 『반그림자의 연인』을 게재하면서 '엄마'에게 "최고 작가만 실어주는 (…) 특별한 지면"[2]에 작품이 실렸다고 알렸다. 그와 같은 발언들은 비단 안더쉬와 그의 모친 사이를 특징짓는 강박적 자기 합리화만이 아니라 성공과 유명세를 향한 그의 열망이 얼마나 뜨거웠는지를 보여주는 전형적인 사례이다. 이런 열망은 그가 내적 망명자로서 자기 책에 즐겨 선전했던 개인적이고 익명적인 영웅주의의 이념과 뚜렷한 모순을 이룬다. 어쨌든 '위대한'이라는 말은 안더쉬의 자기 평가와 자기 선전의 핵심어였다. 그는 위대한 작품을 쓰고 대대적인 환영회에 참석하고, 기회가 있으면 가능한 한 다른 경쟁자들을 자신의 영향 아래에 세워둘 수 있는 그런 위대한 작가가 되고자 했다. 한 예로 안더쉬는 밀라노에서 거둔 자신의 성공담을 전하면서 몬다도리*에서 "나와 프랑스 소설가 미셸 뷔토르를 위한 환영회를 열어주었을 때" (누가 먼저 언급됐는지 주목하자) 자신은 "이십 분간 이탈리아어로" 말해서 "우레와 같은

---

* 아르놀드 몬다도리가 창립한, 이탈리아 최대의 출판 그룹.

박수"를 받은 반면, 그뒤를 이은 뷔토르는 박수를 거의 포기한 듯 "프랑스어로" 말했다고 기록했다.[3]

애당초 안더쉬가 지향한 위대한 작가상의 본보기는, 잘 알려져 있다시피 내적 지침과 지향이란 면에서는 에른스트 윙거였다. 윙거는 자신이 그 시작을 알리는 데 일조했던 히틀러 시대 당시 고매한 고립주의자이자 서양의 옹호자로 두각을 나타낸 이였다. 한편, 작가적 성공과 명성이라는 면에서는 단연 토마스 만이 중요한 기준이었다. 이런 맥락에서 중요한 실마리를 던져주는 것이 바로 한스 베르너 리히터의 회고로, 그는 안더쉬에 대해 이렇게 이야기한다. "그는 야심이 있었다. 그저 남들과 같은 야심이 있었던 게 아니라 그들을 훨씬 능가하는 야심이었다. 자잘한 성공은 당연시했고 특별하다고 보지도 않았다. 그의 목적은 확고한 명성이었지 그저 그런 명성이 아니었다. 그저 그런 명성은 당연히 누리는 것으로 여겼다. 그의 목적은 시간과 공간, 그리고 죽음을 넘어서는, 훨씬 넘어서는 명성이었다. 그는 그러한 욕망을 거리낌 없이 토로했다. 자기 조롱도 아니었다. 한번은 우리 두 사람이 『루프』라는 문예지를 펴내던 초창기에, 안더쉬가 동료들과 친구들이 모인 큰 자리에서 자신은 토마스 만을 따라잡고 싶은 것이 아니라 넘어서고 싶은 것이라는 말을 했다. 그 말에 순간 주변이 싸늘해졌다. 모두가 아무 말도 못했고, 프레트[*] 혼자만 갑작스레 들어선 침묵을 아무렇지도 않게 여겼다. 아마도 그 침묵을 동의로 여겼던 듯하다."[4] 실제로 안더쉬의 계산이 척척 들어맞는 듯 보였다. 『자유의 버찌』는 상당한 논쟁을 일으켰고 그 덕분에 대단한 성공작이 되었다. 안더쉬의 전기 작가였던 슈테판 라인하르트가 밝혔듯이 "안더쉬라는 이름은 순식간에 서독 전 국민의 입에 오르내리게 되었다."[5] 또한 안더쉬가 그의 상사인 프로듀서 베크만에게 직접 전한 바대로, 그는 "나라의 가장 중요한 지성들"[6]의 입회 승인 서한도 받았다. 성공가도는 『잔지바르 또는 마지막 이유』로 이어졌다. 커다란 반향이 일었고 칭찬일색이었다. 작품을 둘러싼 의혹은 유보적으로만 지적되었을 뿐 어디에서도 작품의 결점을 건드리지 않았다. 사람들은 벌써 "제3제국이 문학적으로 극복되었다"[7]는 망상에 사로잡혔다. 장편소설 『빨강머리 여인』의 발표로 안더쉬 작품의 구성과 문체상의

---

[*] 알프레트를 친근하게 부르는 말.

결점을 더이상 묵과하기 어렵게 되자 비평계는 비로소 두 진영으로 분열되었다. 쾨펜이 그 책을 "금세기의 가장 읽을 만한 소설"[8]이라고 칭송한 반면, 라이히라니츠키는 거짓말과 키치의 밥맛 떨어지는 조합이라고 썼다.[9] 그 책이 상업적 성공—출간 전 『프랑크푸르터 알게마이네 차이퉁』 연재, 높은 판매고, 전망 좋은 영화화 계획들—을 거두었기에, 안더쉬는 이 혹평들이 신문 평단의 질서에서 나온 것이라며 일단 무시할 수 있었다. 특히 이는 라이히라니츠키가 몇 년 뒤에 누리게 될 그런 영향력을 당시에는 아직 갖지 못했기 때문에 가능했다. 안더쉬는 후속 작품에 객관성을 기하려는 노력을 더하기는 했지만 전체적으로는 이에 아랑곳하지 않고 자신의 명성을 누릴 권리를 확고히 다지고자 했다. 1960년대 초중반에 그가 집필한 중요성이 덜한 작품들—라디오 방송극, 단편소설, 에세이, 여행기 같은 저작들—이 그런 사실을 뒷받침한다. 1967년에 마침내 『에프라임』이 출간되자 비평계는 또다시 양극으로 분열되었다. 한쪽에서는 그 책을 "최상의 예술적 명민함"을 보여주는 작품이자 "올해의 소설"이라며 상찬했지만,[10] 다른 한쪽에서는 평단을 주도하는 비평가들이 노골적인 비판을 쏟아내기 시작했다. 롤프 베커, 요아힘 카이저, 라이히라니츠키 같은 이들은 그 소설에 특징적으로 나타나는 독단적이고 고압적인 문체나 키치적이고 통속적인 용어 등을 결점으로 지적했다. 전기 작가가 전하는 바에 따르면, 안더쉬는 이런 비호의적인 반응에 몹시 마음이 상해서, 이태 뒤에 "마르셀 라이히라니츠키가 조직한 '분단극복 독일 후원회'의 전시회와 관련해 자기 이름을 쓰는 것을"[11] 허락하지 않았다. 안더쉬는 "그 따위 남자가 조직한 전시회에 참여한다는 것은 모욕"[12]이라고 했다. 자신이 문학적 권위를 누려 마땅하다고 여기는 상황과 이 작가가 쓰고 있는 작품은 엉터리라는 비난 사이의 격차를 고려하면, 그가 보인 분노에 찬 반응들은 하등 놀라울 게 없다. 사실 그런 거부는 안더쉬가 기회에 따라 이리저리 마음을 바꾸지만 않았다면 그리 비난받을 일도 아니었을 것이다. 안더쉬는 라이히라니츠키가 『프로비던스에서의 나의 소멸』에 칭찬의 말을 보내고 또 손수 편집한 소설선집 『미래의 옹호』에 자신의 단편 하나를 실어주자마자 그토록 싫어하던 그에게 곧장 유화적인 편지를 보냈다. 안더쉬는 특히 라이히라니츠키가 머지않아 출판될 자신의 역작 『빈터슈펠트』를 좀더 너그럽게 봐주길 바라는 마음에서 그런 행동을 취했을 것이다. 그러나 1974년 4월 4일자 『차이트』에 롤프 미하엘리스의 가차 없는 혹평이 실린 나흘 뒤, 어느 정도 기대를 걸었던 라이히라니츠키의 『프랑크푸르터 알게마이네 차이퉁』 평론마저 아주 부정적인 태도를 취하며 이 책은 힘들여 읽을 가치가 없다는 결론을 암시하자, 그는 극심한 모욕감을 느낀다. 전기 작가는 안더쉬가 라이히라니츠키를 상대로 소송까지 하려고 진지하게 고민했다고 전한다. 라인하르트는 다음과 같이 기록하고 있다. "『빈터슈펠트』는 안더쉬에게 큰 명성을 가져다줄 만한 작품이었다. 그런데 하필 그 시점에 그런 악의적 평가가 나온 것이다."[13]

이렇게 작가 안더쉬의 성공과 실패를 얼추 대조해보면 필연적으로 제기되는 문제가 비평계의 대립을 어떻게 이해해야 하느냐는 것이다. 즉 안더쉬가 일부 가혹한 현장 비평에도 불구하고 일반적으로 인정받듯 전후 수십 년을 통틀어 가장 중요한 작가로 손꼽힐 만한 작가인가, 그렇지 않은가? 만일 그가 중요한 작가가 아니라고 한다면 그 실패는 어떤 종류의 것인가? 작품에 드러나는 결점들은 가끔 있는 문체상의 오류일 뿐인가,

아니면 심층적인 문제의 징후인가? 현장 비평과 반대로 안더쉬 작품에서 논의할 만한 것을 거의 찾아내지 못한 독문학계는 이 문제 앞에서 특유의 신중한 태도를 보일 뿐이었다. 그동안 안더쉬 연구서가 여러 권 나왔지만, 그가 실제로 어떤 식으로 작품 활동을 펼쳐왔는지 말한 것은 없었다. 특히 그 누구도 (안더쉬를 비판했던 연구자들조차) 안 볼래야 안 볼 수 없는 그의 타협적인 성격이 어떤 것이며, 그것이 작품에 어떤 영향을 미쳤는지 숙고하려 들지 않았다. 옛 잠언에 따르면, 예술작품은 사각 안도 중요하지만 그에 못지않게 사각 바깥도 중요하다.(내가 틀린 것이 아니라면 이 말을 한 사람은 횔덜린이다.) 이 잠언에 따라 여기서는 안더쉬가 인생의 여러 고비에서 어떤 결정을 내렸으며, 그 결정이 작품에 어떻게 변형되어 나타났는가에 관해 몇 가지 이야기를 하고자 한다.

『자유의 버찌』에서 저자 안더쉬에게 이따금 찾아오는 숨김없는 고백의 욕망이 변명조에 짓눌리고 있다. 작가의 기억은 선택적으로 작동하고 있어, 결정적인 사전맥락이 완전히 누락되어 있으며, 개별적인 이미지들은 세심하게 덧칠되어 있다. 이런 점들은 부제로 붙인

"보고서(Ein Bericht)"라는 양식이 지켜야 할 객관성에 딱히 들어맞지 않는다. 안더쉬가 다하우 강제수용소에 석 달 동안(1933년 5월까지) 구금되었던 일을 약술한 세 쪽짜리 대목은 특히 공소하고 임시방편적이라는 인상을 준다.* 글의 구성이 이를 증명하는데, 이 소설에서 문제의 그 부분은 안더쉬가 두번째로 체포된 뒤 뮌헨 경찰국 수용실에 갇혀 공포에 사로잡힌 채, 다하우에서 보냈던 수개월을 돌이켜보는 장면에 끼워져 있기 때문이다. 그가 다하우에서 똑똑히 목도했던 것은 그 당시에도 또 나중에도 실제 기억 속으로 불러들여서는 안 되는 그런 것이라 할 수 있었다. "도망치다 사살당한" 두 명의 유대인 골트슈타인과 빈스방어에 얽힌, 일화("우리가 막사 사이에서 판자를 깔고 앉아 저녁 수프를 떠 먹으려는 순간, 탕 하는 소리가 우리를 덮쳤다"[14])라고 할

---

* 1933년 2월 27일 밤 베를린 제국의회의사당에서 화재가 발생하자 나치스는 이 방화사건을 공산주의자들의 소행으로 몰아 공산주의자들을 마구 잡아들였다. 이 사건은 새로 구성된 나치스 정부가 반나치스 세력을 비난하는 여론을 조성하고 비상대권을 장악하기 위해 꾸민 자작극으로 널리 알려져 있다. 공산당 청년연맹에 몸담고 있던 안더쉬도 이런 배경에서 체포된 것이지 주체적인 저항의 결과가 아니었다.

만한 것은 어쩐지 덮개기억*의 성격을 띠고 있어 수용소 운영의 끔찍한 세부사항을 삭제해버리고 있는 듯하다. 반면에 그가 뮌헨 경찰국에 있던 날 오후 공포에 질려 "사람들이 원하는 모든 것을 진술할 준비가 되어 있었다"라고 했던 그 고백[15]은 오히려 진실해 보이며, 어떤 자기 미화도 없이 나타나는 가장 인상 깊은 대목으로 여겨진다. 어디에 초점을 두든 여기에 언급된 대목을 보면 어쨌든, 안더쉬가 압도적인 대다수 동시대인과 달리, 1933년 가을에 이미 파시스트 정권의 본성에 대해 어떠한 환상도 지닐 수 없었다는 것이 명백히 드러난다. 하지만 이런 '우선권'이 오히려 이후 몇 년 동안 이어진 '내적 망명'이라는 행적에 의문의 빛을 던진다.

체포되기 전에는 젊음과 미숙함 탓에 "외국으로 도망갈 생각"[16]은 추호도 해본 적이 없었고, 석방 직후에는 이민 같은 것을 고려할 수조차 없는 내적 마비 상태에 빠져 있었다는 진술은 그렇다고 쳐도, 그가 무엇 때문에 1935년에서 1939년에 이르는 시기에 스위스에서 체류할 수 있는 기회를 받아들이지 않았는지에 대해서는

---

* Deckerinnerung. 프로이트 심리학 용어로 '엉뚱한 사실을 기억해냄으로써 실제 사실을 감추는 심리 기제'를 말한다.

여전히 설명이 되지 않은 채로 남아 있다. 죽기 이태 전 어느 인터뷰에서 그는 처음으로 당시 자신이 잘못 행동했다는 점을 솔직히 시인한다. "내가 했을 수도 있지만 하지 않았던 일은 이민을 가는 일이었다. 독재 치하에서 내적 망명으로 들어서는 것은 모든 가능성 중 최악의 가능성이었다."[17] 하지만 그는 그 고백에서 자신이 고국에 남기로 결정하게 된 배경을 여전히 은폐하고 있다. 게다가 어떤 의미에서 안더쉬가 내적 망명 그룹에 속할 수 있는지도 의문이다. 그 그룹에 속하는 게 그리 어렵게 얻을 수 있는 권리는 아니었다 하더라도 말이다. 안더쉬의 내적 망명은 실제로 지배체제에 깊이 타협해 들어가는 일종의 순응 과정이었음을 보여주는 증거들이 많다. 『자유의 버찌』에는 휴일마다 떠나는 '미적 도피'에 대한 이야기가 나오는데, 그는 그 도피 덕분에 "티에폴로 회화의 매끄럽게 반짝이는 에나멜 속에서 잃어버린 자신의 영혼을 재발견하는 즐거움을"[18] 맛볼 수 있었다고 했다. 그리고 평일이면 이 감수성이 풍부한 청년은 "어느 출판사의 경리부에서" 일을 하고, 여가시간에는 그의 표현대로라면 "자기 주변을 전체주의 국가조직으로 에워싼" 사회를 무시하며 지냈다고 한다.[19] 안더

쉬가 일한 파울하이제 가의 레만 출판사가 국수주의정
책과 인종학, 우생학을 앞장서 대변하던 곳이었음을 고
려해볼 때, 그곳을 지배하던 전체주의의 현실을 계속
무시하며 지내기란 절대로 쉬운 일이 아니었을 것이다.
슈테판 라인하르트는 레만의 출판 경영을 "인종차별주
의의 시발점이자 온상"[20]이라고 바르게 지적했지만, 그
런 출판사에서 일한다는 것이 어떻게 내적 망명자의 자
기 이해와 합치될 수 있는가에 관해서는 묻지 않는다.
요컨대 이 내적 망명자는 원예 농장에서 일자리를 얻을
수도 있었을 테고, 그러한 일이야말로 전기 작가가 빈
정대려는 의도 없이 언급한 "자연으로의 침잠, 새로운
영감, 새로운 창조"[21]를 향해 커져가는 그의 욕구와 더
잘 맞아떨어졌을 텐데 말이다.

　안더쉬가 자신의 인생을 개괄한 교양소설 『자유의 버
찌』에서 누락한 가장 중요한 사건은 안겔리카 알베르트와
의 결혼 이야기이다. 전기 작가는 안더쉬가 1935년 9월
나치스에 의해 발효될 뉘른베르크법*의 손아귀에서 지
켜주려고 유대계 독일인 가정에서 태어난 안겔리카와

---

* 독일 내 유대인의 독일 국적 박탈, 유대인과 독일인의 성관계 및
결혼 금지, 유대인의 공무 담임권 박탈 등을 골자로 한 인종차별법.

그해 5월에 결혼했다는 주장을 그대로 옮기면서도, 안더쉬가 사실은 안겔리카의 "성적 매력"과 집안 배경—알베르트 가문은 저명 인사를 여럿 배출한 중상류 시민 계급이었다—에 끌려 결혼하게 되었을 것이라 보았다.[22] 안더쉬가 안겔리카 알베르트를 보호하려 했다는 주장은 다음과 같은 이유로 견지될 수 없는데, 그는 1942년 2월부터 안겔리카와 그사이 태어난 딸과 모두 별거에 들어선 다음 곧장 이혼을 강요하여 마침내 그 일 년 뒤 1943년 3월 6일에 이혼 절차를 마무리지었던 것이다. 이로 말미암아 인종법의 효력이 아니라 최종해결책*의 극단적이고 광범위한 적용이 더 큰 문제였던 시기에, 안겔리카에게 어떤 위험이 닥쳤을지에 대해서는 더 자세한 설명이 필요하지 않을 것이다. 이미 1942년 6월에 안겔리카의 모친인 이들 함부르거는 뮌헨 크노르 가 148번지의 유대인 임시수용소에서 체코의 테레진 강제수용소로 '이송되어' 영영 돌아올 수 없는 처지에 있었다. 슈테판 라인하르트는 안더쉬가 이혼을 택할 수밖에 없었던 상황에 매우 울적해했을 것이라고 순

---

* 1941년 7월부터 유럽 전역에서 실시된 유대인 절멸정책.

진한 논평을 덧붙이면서도, 이런 울적한 상태가 그에게 어떤 영향을 미쳤는지에 대해서는 어떤 정보도 주지 않는다. 하지만 공평무사한 눈으로 라인하르트의 전기를 읽은 독자들은, 안더쉬가 그해에 울적해하기는커녕 주로 자기 삶을 재정비하려 애쓰고 있었다는 느낌을 받는다. 그는 반드시 작가로서 두각을 나타내고자 했고 그래서 그는 당시 일체의 문학출판 관련 행위의 전제조건과 같았던 나치스 제국문예부*에의 입회를 절박하게 추진했다. 가입 구비서류에는 배우자 출신증명서가 첨부되어야 했다. 안더쉬는 1943년 2월 16일 헤센-나사우 관할구역 지방문화청에서 신청서를 작성하고 실제 이혼이 이루어지기 삼 주 전에 이미 가족관계 항에 '이혼'이라고 써넣었다. 지극히 우려스러운 이 사실이 알려지게 된 것은 전기 작가 라인하르트 덕분이다.[23] 하지만 전기 작가는 이 사실을, 앞서의 진술대로 안더쉬가 이혼으로 중대한 도덕적 갈등에 봉착해 있었지만 다른 한편으론 "자신의 개인적 발전을 더 중요시했다"[24]라는 안더쉬의 동생 마르틴의 전언을 액면 그대로 옮기는 것으

---

* Reichsschriftkammer, 괴벨스가 설치한 제국문화부의 산하기관.

로 마무리짓는다.

　도대체 그 개인적 발전이란 것이 무엇인지 알아내는 일은 쉽지 않다. 그렇지만 그때 안더쉬가 숲의 산책자나 내적 저항자로 변신하려 했다는 것은 믿기 어렵다. 1941년 말과 1942년 초 독일은 권력의 정점에 있었고 천년왕국의 종말은 요원해 보였다. 한편 안더쉬가 당시에 썼던 이야기, 예컨대『기술자』같은 작품에는 통솔, 피, 본능, 힘, 영혼, 생명, 육체, 유전적 기질, 건강, 인종 이야기가 줄줄이 나온다.[25] 안더쉬의 작가적 발전이 어떻게 이어졌는지에 관해서는, 그가 알베르트 집안과 나눈 경험을 극화한 것으로 보이는 이 소설에 근거하여 대략 추정해볼 수 있다. 안더쉬는 안겔리카와 별거할 당시 이미 화가 기젤라 그로노이어와 예술가적 동거를 계획했는데, 그녀는 안더쉬에게, 라인하르트가 쓰고 있듯이, "새로운 자극"[26]을 주면서 그 자신의 창조적인 잠재력을 실현하라고 다그치고 있었다. 그녀는 1943년에 프륌, 룩셈부르크, 코블렌츠에서 세 차례 전시회를 열었을 정도로 나치스 간부들과 원만한 관계를 맺고 있었고, 이는 당시 안더쉬가 처한 상황에서 절대로 사소한 게 아니었을 것이다. 그로노이어와 안더쉬 같은 예술가

커플의 협력이 제3제국이 몰락하지 않았더라면 과연 어떤 결과를 낳았을까 하는 것은 여전히 미지수로 남아있다. 이러한 독일인–유대인 커플에서 독일인–독일인 커플로 옮겨가는 헤어짐과 만남의 이야기의 후일담으로, 전쟁포로가 된 알프레트 안더쉬가 1944년 10월 8일 미국 루이지애나 주의 러스턴 포로수용소 관리소에서 압류된 종이들과 원고들을 돌려달라고 작성한 청원서를 언급해야 할 듯하다. 그 청원서에는 다음과 같이 쓰여 있었다. "내 아내가 유대 혈통의 잡종이어서, 또 내가 독일의 강제수용소에서 한동안 구금당했기 때문에 지금까지 자유로운 글쓰기를 할 수 없었던 상황에서, 오랜 세월 억압을 견디며 모아온 이 서류와 일기는 내 사상과 계획의 가장 위대한 부분을 담고 있습니다 (Prevented from free writing, up to now, my wife being a mongrel of jewish descent and by my own detention in a German concentration-camp for some time, these papers and diaries contain the greatest part of my thoughts and plans collected in the long years of opression)."[27] 이 문서에 등장하는 눈에 거슬리는 자기 정당화, 독일의 도착증에 고취된 듯 아무렇지도 않게

To the Authorities of the PoW-Camp Ruston / La.

3. 10. 1944

Dear Sirs,

I beg to submit to you the following entreaty:

Upon my arrival on board the steamer "Samuel Moody" at Norfolk /USA. from Naples (29.8.1944), my diaries, letters and the manuscript of a narrative were taken from me for censorship with the remark that all these things would be returned to me as soon as possible. The papers were put into a brown envelope bearing my name and PoW-Number. Being a writer, all these things are most valuable and irretrievable to me. Prevented from free writing, up to now, my wife being a mongrel of jwish descent, and by my own detention in a German concentration-camp for some time, these papers and diaries contain the greatest part of my thoughts and plans collected in the long years of opression.

I therefore beg you most urgently to restore them to me at the earliest possible convenience. I also beg to

inform you that your intelligence officers behind the
Italian front perused these notes and gave them back to
me again. Even a major who spoke to me in an examin-
ation - camp near Washington two weeks ago promised
to see that my diaries etc. would be returned to me as
soon as possible.

Hoping that you will comply with my request and
thanking you in advance for your kind intervention
I remain

                        very respectfully
                              yours
                    ALFRED ANDERSCH
                    PW-No.: 81 G 256 993

안겔리카를 "유대 혈통의 잡종"이라고 했던 저 소름 끼치는 표현, 무엇보다 제국문예부에 입회신청을 했을 적에는 그녀를 부정해놓고 이제 와서 이미 오래전에 이혼해서 남남이 된 사람을 버젓이 다시 "내 아내"라고 부른 사실은 머리칼을 주뼛 서게 한다. 이보다 더 치졸한 구실은 생각해내기도 힘들 것이다.

『자유의 버찌』2부는 안더쉬가 군대에서 어떻게 경력을 쌓았으며, 그 경력을 다시 어떻게 탈영으로 끝장냈는지의 이야기가 대부분을 차지한다. 1940년에 안더쉬가 처음 배속된 부대는 라슈타트의 경비대였다. 그는 이내 북부 라인 강가에 앉아 프랑스 쪽을 바라보게 되었다. 그는 모처럼 솔직하게, "당시에 탈영은 전혀 생각해보지 않았고, 나는 독일이 승리할 수 있을 것이라고 보았을 정도로 개 같은 상태였다"[28]고 털어놓지만 그러한 고백은 그 글에서 안타깝게도 별 소득 없이 끝난다. 그로부터 두 해가 넘도록 이런 그의 생각을 바꾸어줄 만한 특별한 계기가 있었던 것 같지는 않다. 오히려 그의 견해는 독일에 저항하면 뼈도 못 추릴 것이라고 여길 만큼 확고해졌던 듯하다. 당시의 안더쉬에게 저항이란 생각만큼이나 동떨어진 것도 없었고, 그가 승승장구

하는 정권과 자신을 어느 정도 기회주의적으로 동일시
하려 했다는 것도 부인할 수 없다. 라인하르트가 각주
에서 짤막하게 인용한 대로, 마르틴 안더쉬가 자기 형
의 "불확실한 시기"[29]를 화제에 올린 것은 이유가 있었
을 터이다. 1941년 초 안더쉬가 탈영해서 강제수용소에
구금되었다가 평범한 시민생활로 순조롭게 복귀한 것
을 저항 행위라고 평가할 수 없는 것처럼,[30] 그가 최전
방에 투입되는 데 열의를 보이지 않는다고 해서 책임을
물을 수도 없을 것이다. 그는 1943년 두번째 소집령을
받자 모친에게 편지를 써서, 자신은 예비대 장교가 되
려고 한다고 밝힌다.[31] 그런 후 공군 행정부에 편하고
안전한 보직을 신청한다. 한편으로는 그렇게 배정받은
예비대의 "농땡이 부리는 분위기"[32]가 그의 신경에 거
슬린다. 모든 것이 관점의 문제이기는 하다. 그렇다고
안더쉬가 모든 노력을 다했음에도 전선으로 보내졌을
때 일이 순탄치 않게 흘러간 것도 아니었다. 그렇다. 처
음에 그는 이 상황을 뜻밖의 즐거움으로 받아들였던 것
으로 보인다. 그는 엄마가 있는 집으로 편지를 띄워, 자
신이 상관과 함께 오토바이를 타고 햇빛 찬란한 남쪽을
가로질러 달려갔다면서 이렇게 전했다. "피사에 있는

그 유명한 사탑이며 돔, (…) 장엄한 아르노 전선戰線이 있는 전대미문의 이탈리아 풍경이 내 곁을 쉭쉭 스쳐갔죠. 그렇게 달리다 우리는 어느 아담한 마을에서 숙영을 했어요. (…) 온화하고 따사로운 저녁나절이었고, 키안티 와인도 빠지지 않았어요. 이 모든 것을 위해 우리는 100퍼센트 군인이 되어야 했지요. 하지만 그게 재미있더군요."[33] 이것이 바로 『자유의 버찌』의 진리 내용을 분명하게 해주는 진짜 그 당시의 어조였다. 이 어조야말로 그가 쓴 문학작품보다 더 알프레트 안더쉬라는 작가의 발전사에 딱 들어맞는 개념을 부여한다. 이 전쟁 관광주의(Kriegstourismus)는 훗날의 처세술을 예비하는 교육이며, 안더쉬는 모종의 긍지를 가지고 배움에 정진했던 독일 소시민 중 하나일 뿐이다. 그는 1944년 12월 루이지애나 주에서 고향집으로 다음과 같은 편지를 보냈다. "내가 올해에 본 것들은 전부 어마어마한 것이었어요."[34] 이런 배경에서 본다면, 그가 실존적인 자기 결정의 순간인 양 공들인 탈영에 관한 서술도 그 헤밍웨이적 광채를 잃게 되고, 안더쉬라는 인물 역시 그저 좋은 기회를 틈타 슬쩍 내뺀—누구도 그의 행동을 비난할 수 없다고 해도—사람으로밖에 보이지 않게

된다.

종전이 되고 몇 년 뒤, 안더쉬는 문예지 『루프』의 편집인이자 주요 기고자로 언론계에 첫발을 디뎠다. 이런 데뷔는 그의 사적인 과거사만큼이나 현실 타협적이다. 1966년에 서독의 한 출판사에서 단행본으로 나온 우르스 비트머(Urs Widmer)의 박사논문 『1945년 또는 '새로운 언어'』[35]는 삼십 쪽에 이르는 한 장章을 할애하여 리히터와 안더쉬가 작성한 글 대부분이 예외 없이 1945년 이전 시대에서 유래한 것임을 수많은 논거를 들어 입증한다. 그 증거를 찾아내기가 어렵지 않은 것이, 실제로 『루프』는 파시스트 언어의 주해집이자 목록집이었기 때문이다. 안더쉬가 『루프』 창간호(1946년 8월)에 쓴 "유럽 청년들아, (…) 자유의 모든 적에 맞서 광신적인 전투를 벌여나가자"[36]라는 구절은, 히틀러가 "극렬한 광신으로 끝장날 때까지" 임박한 결전을 "벌여나가자"[37]고 결의했던 1944년의 신년사를 고스란히 모방 변주한 것에 불과했다. 물론 이 지면이 안더쉬가 기고한 글의 거의 모든 단락에서 발견되는 그러한 증거들을 다시 늘어놓을 자리는 아니다. 하지만 이러한 언어적 부패, 이 공허하고 순환적인 파토스로의 함몰은 그 내용에 침전되어 있는 왜곡된 정신 상태의 외적 징후일 뿐이라는 점 하나는 확실히 말할 수 있다. 그 모든 일을 겪었다 해도 실은 편하게 전쟁을 치른 사람이, 이제는 주제넘게 "스탈린그라드, 엘 알라메인, 카시노 전투병들"*의 대변인 노릇을 하려는 듯 뉘른베르크 전범재판을 논평하며, 이 전투들은 다하우와 부헨발트 수용소의 범죄에는 연루되지 않았다고 무죄를 선고하는 그 놀라운 우월감[38]은 어쩌다 저지른 실수가 아니다. 오히려 그 무렵 막 싹트기 시작한 독일군의 집단적 무죄 신화를 거리낌 없이 용기 있게 주장한 기고는 『루프』가 옹호하는 입장과 전적으로 일치한다. 덧붙여야 할 것은 안더쉬가 자신에 대해 서술한 글은 전부 파악하려 애썼으면서도, 비트머의 책은 살펴보지 못하고 지나친 것 같다는 점이다. 적어도 이와 관련된 언급을 아주 꼼꼼한 자료조사를 거쳐 집필된 라인하르트의 전기에서는 찾아볼 수 없다. 또한 전문적인 안더쉬 연구서(예컨대 베데킹과 쉬츠의 연구서)에도 독일문학의 탈정치화 사업에 방해가 되는 비트머의 주장은 거론되지 않는다. 안더쉬 본인

---

* 스탈린그라드, 엘 알라메인, 카시노 등은 모두 독일군이 참패하여 막대한 손실을 입은 격전지들이다.

도 십삼 년 뒤에야, 그러니까 1979년 10월 12일에 출간된 『차이트』 자료집'에 실린 조사 발표 「우리는 계속 문학을 하리라, 세상이 산산이 부서진대도」 서두에서 프리츠 J. 라다츠가 비트머의 작업을 상기시키며 안더쉬를 거론했을 때에야 비로소 비트머를 알게 된다. 안더쉬는 역시 『차이트』에 기고한 성명에서 라다츠의 명예를 위한 것이라고 하면서 그 비판적 견해에 무조건적인 동의를 표했다. 이러한 태도를 유발시킨 게 무엇인지는 말하기 어렵다. 내게는 안더쉬가 그 논문의 저자에게 바치는 과도한 칭찬이 좀 수상쩍게 다가온다. 그는 이렇게 말한다. "제가 이런 명석함과 폭발력을 지닌 문학적·정치적 논고를 마지막으로 읽은 것이 언제였는지 기억나지 않습니다. 이 저술은 획기적인 연구입니다." 그 뒤에 이어지는 표현도 좀 성급한 감이 있다. "바로 (…) 저를 비판적으로 다루는 그 부분에 저는 완전히 동의하는 바입니다. 저는 오늘날 제 초창기 발언들과 관련하여 (비단 이것만이 아니겠지만) 라다츠 씨보다 더 비판적으로 보고 있습니다." 내가 알기로 불편한 사안을 얼른 무마하려는 이런 주장을 뒷받침할 증거는 없다. 그사이에 안더쉬가 매우 못마땅하다고 여기게 된 자신의 토마스 만 논문을 철회하고자 『차이트』의 같은 지면에 내놓은 제안을 증거로 치지 않는다면 말이다. 그러나 어쨌든 우리는 안더쉬가 라다츠에게 보인 반응을 때늦은 고해성사로, 또한 죽음을 몇 달 앞둔 임종의 상황에서 아마도 모종의 회한에 휩싸여 자기 인생의 소행을 곱씹어보았던 증거로 여길 수 있을 것이다.

자전적 보고의 성격을 띤 『자유의 버찌』 이후 안더쉬가 발표한 첫 본격소설은 『잔지바르 또는 마지막 이유』* 라는 책으로, 이 작품 역시 정확히 살펴보면 다시 고쳐쓴 생애사의 한 조각, 그것도 『자유의 버찌』에 누락되어 있던 조각으로 보이는 책이다. 작품 속 인물설정에서 중심이 되는 커플(그레고어와 유디트)은 실제 커플이었던 알프레트 안더쉬와 안겔리카 알베르트와 의심할 바 없이 일치한다. 달라진 점은 안더쉬가 그레고어를 자신과는 전혀 다른 숨은 영웅으로 만든 것이고, 또 유디트가 버림받지 않고 그레고어에게 구출되어 망명을 떠난다는 점이다. 비록 그녀가 "부유한 유대인 가문에서 태어나 호강하며 자란 처녀"[39]로서 이런 대접을 받을 만한

* 이하 이 작품의 인용은 알프레트 안더쉬, 『잔지바르 또는 마지막 이유』(강여규 옮김, 문학과지성사, 2009)를 참고하여 수정한 것이다.

사람이 아니지만 말이다. 르상티망만큼 감추기 힘든 감정도 없는 법이다. 유디트는 레리크*라는 곳에 처음 등장했을 때부터 유대인으로 인지된다. "유대인 여자야, 그레고어는 생각했다. 그녀는 분명 유대인이야. 저 여자가 여기 레리크에서 뭘 하려는 거지? (…) 그레고어는 그 얼굴을 즉각 알아볼 수 있었다. 그것은 그가 베를린이나 모스크바의 청년연맹에서 자주 보아왔던 젊은 유대계의 얼굴이었다. 그녀는 그중에서도 특별히 아름다운 표본(!―강조는 인용자)이었다."⁴⁰ 그리고 몇 쪽 뒤에 유디트는 또다시 "흑발의 젊은 처녀로 (…) 아름답고 어린 낯선 인종의 얼굴(!―강조는 인용자)에 (…) 밝고 우아한 매무새의 트렌치코트를 입고 바람에 머리카락을 날리는"⁴¹ 모습으로 그려진다. 유대인 처녀들이 그렇듯이 유디트도 특별한 성적 매력을 지니고 있다. 따라서 안더쉬 고유의 명암법이 발휘된 장면에서 그레고어의 감각이 혼미해지기 시작한 것은 놀라운 일이 아니다. "그는 그녀에게 아주 가까이 다가가 어깨에 왼팔을 얹었다. 그녀의 얼굴은 이제 전체가 아닌 부분으로 보

* 독일 발트 해에 인접한 온천 휴양지.

이기 시작했지만, 그는 여전히 그녀의 눈은 식별할 수 없었고, 그 대신 살갗에서 풍기는 향기를 맡았다. 그녀의 코를 스쳐지나(!—강조는 인용자), 그녀의 볼, 마침내 남은 것은 입뿐이었다. 그녀의 입은 여전히 어둠에 가려져 있었지만 아름답게 휘어져 흔들리며(!—강조는 인용자) 벌어졌다."[42] 이때 그레고어가 사안의 진중함을 모조리 잊어버리지 않고 제때 정신을 차릴 수 있도록, 안더쉬는 그 순간 삐거덕하고 교회 문이 열리게 한다. "회중전등 불빛이 안으로 비추어졌을 때, 그는 이미 유디트로부터 두 걸음 떨어져 있었다."[43] 좌절된 연애사 외에도 그레고어의 정치적 이탈이 『잔지바르 또는 마지막 이유』 이야기의 중심을 이룬다. 젊은 주인공에게 진실의 시간은 몇 년 전 그가 적군의 훈련에 참관인으로 참가했을 때 찾아왔다. "그때 그는 스텝지대 구름 아래에 자리한 도시를, 황금빛이 녹아든 바닷가에 옹기종기 모인 잿빛 오두막들을 보았다. (…) 솔초프 소좌 동무가 (…) 그에게 소리쳤다. 그리고리,* 여기가 타라소프카**

---

* 그레고어의 러시아식 이름.
** 흑해에 면한 옛 소비에트연방의 영토로, 지금은 우크라이나에 속해 있다.

다! 우린 타라소프카를 점령한 거야! 그레고어는 웃음을 지어보였지만, 기갑여단이 (…) 타라소프카를 점령한 것에는 관심이 없었다. 그는 갑자기 둑을 따라 펼쳐진 황금빛이 녹아드는 흑해와 해안에 밀집해 있는 잿빛 오두막들, 지저분한 은빛 깃털에 사로잡혔다. 그것은 마치 부챗살같이 편대를 이룬 오십 량의 장갑차가 지축을 울리면서 초원지대에 오십 덩이의 희뿌연 먼지구름을 풀풀 일으키고 오십 덩이의 철가루 화살을 날리면서 위협하여 오그라든 것처럼 보였고, 타라소프카를 지키기 위해 황금 방패를 올려드는 듯했다."[44] 우리는 이러한 장황한 언어로 그려진 그림이 그때껏 맹목에 사로잡혀 있던 한 인간의 눈앞에 떠오른 세계의 미를 대상으로 삼고 있었다고 가정해도 될 것이다. 더 나아가 우리는 이 텍스트의 구조에서 이런 식의 압도적인 체험이 이 영웅의 과거 생애(그의 정치적인 앙가주망)를 부정하는 한층 더 높은 진실의 현시와 같은 것으로 놓고 봐야 한다고 결론내릴 수밖에 없다. 문학에서 그러한 에피파니가 정당화될 수 있다는 사실을 부정하는 것은 어리석은 짓이다. 하지만 언어가 실제로 지상에서 동떨어져 있다면 문제이며, 언어가 여기 인용된 부분처럼 고르고 고른 형용사들과 색의 뉘앙스와 가짜 황금 빛깔과 여타 싸구려 장식들로, 지극히 몰취미한 방식으로 과부하가 걸려 있다면 그 또한 문제이다. 도덕적 결함을 지닌 현실 타협적인 작가가 미학의 영역은 가치중립적인 것이어야 한다고 주장한다면 이는 독자들에게 생각할 거리를 줄 터이다. 불타는 파리. 얼마나 장엄한 광경인가! 마인 강에서 바라본 불타는 프랑크푸르트, "소름끼치게 아름다운 풍경"[45]이지 않겠는가. 『자유의 버찌』에는 소설의 사건 자체와는 무관하게 새로운 미학 프로그램을 '경솔히' 구상하는 대목이 나온다. 그 미학은 안더쉬가 무시하는 "상징주의적이고 유미적인 글쟁이들과 환쟁이들"[46]의 미학과 대척점에 위치한다는 그런 것이다. 그는 이 미학의 대변인으로 딕 바넷이란 인물을 끌어들인다. 안더쉬의 서술에 따르면 그는 캘리포니아 주의 버뱅크 시에 있는 록히드 항공사의 사무실에 앉아서 "F94 전투기의 형태를 스케치한다." (이를 상상해보자.) "그는 일단 정밀한 계산에 따라, 즉 이성의 도움으로 작업한다. 하지만 오직 정열만이 그 순수한 형태를 창조해낼 수 있다. 그 형태 속에서 딕 바넷의 내면에서 일어나는 용기와 공포의 비밀스러운 싸움이 계속 전율한다. 바넷이 창조해낸 그 형태를 보면서, 사람들은 그가 칼날 위에서 균형을 잡듯이 움직여왔음을 감지해낼 수 있다. 살짝만 잘못 움직였어도 그는 추락을 하고 말았을 것이다. 바넷의 정신이 단 한 번만 삐끗했어도―F94 전투기는 지금과 같은 완벽한 예술작품이 되지 못했을 것이다. 거기에는, 바넷이 완전히 의식하지는 못했지만, 버뱅크 시의 분위기, (…) 아침마다 록히드 항공사의 작업장으로 가는 길에서 본 어느 주유소 주유기의 특정한 붉은색, 또는 전날 저녁 영화를 보고 돌아와 차에서 내렸을 때 가로등 아래에서 드러났던 아내의 목선도 한몫을 담당하고 있다."⁴⁷ 그러니까 이것이 새로운 신즉물주의, 즉 기술적 성과의 미학화, 또는 정치나 정치적 패배주의의 미학화, 궁극적으로는 폭력과 전쟁의 미학화를 원칙으로 삼아 예술을 하고자 했던 안더쉬의 비전이다. 순수한 형태의 창안이 무엇인가를 보여주기 위해 공들인 이 대목은 아마도 에른스트 윙거의 무장된 남성성이란 이념을 본보기로 활용한 듯하다. 그런데 반대로 여성성을 문학적으로 재현하는 일은 이 윙거 전문가를 상당한 난관에 봉착시켰던 모양이다. 이것은 바넷의 창조력이 모종의 분위기, 가령 가로등 아래 보이는 아내의 목선에서 발산되는 그런 분위기에 힘입고 있는 것이 아니겠느냐는, 낭만적이면서도 수상쩍은 추론을 통해서 드러난다.

만일 안더쉬가 그 스승처럼 이런 면에서 스스로 자제했더라면 그나마 가르침을 잘 받았다고 했을 텐데 그는 그렇게 하지 않았다. 왜냐하면 그가 책에서 여성의 몸을 다루는 데 사용한 서술방식을 보면 그의 영혼이 훤히 드러나기 때문이다. 그는 1950년대 말에 출간한 『빨강머리 여인』이라는 소설에서, 오스트리아 작가 페터 알텐베르크의 용어를 빌리자면 협잡의 최고 경지를 보여주는데, 언제나 그렇듯이 여기에서도 두 개의 특징적인 재현 모델이 발견된다. 여성의 얼굴은 유독 감정을 강조하는 대목에서 보통 샴푸 광고나 콜라 광고의 모델을 그리듯이 재현된다. 바람에 나부끼는 머리칼은 그의 전매특허이다. 이런 것은 무송 라벤더 향수의 판매원이 매우 잘 알고 있다. 예컨대 이런 식이다. "그녀가 벽 어딘가에서 걸어나오는 순간, 바람이 그녀의 머리카락 속으로 불어들어 단 한 번의 움직임으로 매끄럽게 머리카락을 뒤로 쓸어버린다. 그러면 머리카락은 잠잠해진 검붉은 물결, 정수리에서 살짝 아래로 내려와 다시 위로 뻗어나가는 물결을 그리고, 그 물결은 거품처럼, 검붉은 바다의 포말처럼 환히 빛나는 붉은색 방사형으로 끝난다. 어두운, 그러나 짙은 검은색이 아니라 검은색, 숯이 섞인 듯한 폼페이 고유의 적갈색 물결은, 길들여지지 않은 채 부드럽게, 간결하면서도 마지막에는 부채처럼 활짝 펼쳐진다. 살짝 가라앉은 그 적색은 투명한 가장자리 가닥에서만 반짝인다. 베네치아의 하늘에서만 볼 수 있는 순수한 쪽빛을 배경으로 한 폼페이 바다의 파도 입자 같은 이 기호, 혹은 신호가 된 움직임—이것이 바로 파비오의 시신경을 시구절처럼 뚫고 들어왔던 것이다"[48] 안더쉬는 베네치아를 배경으로 한 이 소설의 글머리에, 17세기 이탈리아의 작곡가이자 바이올리니스트 몬테베르디의 다음과 같은 경구를 적어놓았다. "현대적인 작곡가란 무릇 자신의 작품을 진리의 토대 위에 세움으로써 창작을 해나간다." 그러나 위에 인용한 내용을 두고 진리와 구성의 관계를 규정하려 애쓰는 이가 있다면, 그는 진리의 자리는 허위가 차지하고 구성의 자리는 경련하는 폼페이적인 허풍이 차지하고 있다는 결론에 도달하게 될 것이다. 안더쉬가 육체적 친밀성을 묘사하는 전형은 상당히 키치적이고 지극히 불쾌한 방식으로, 대강 다음과 같은 선정적인 도식에 따

라 이루어진다. "그녀는 그를 껴안고 키스했다. 그녀가
그의 목을 감고 가만히 있을 때, 그는 그녀의 보드라우
면서도 불꽃이 이는 몸의 온기를 느끼고, 그녀가 뿌린
향수의 희미한 향과 그녀가 입은 잠옷, 아침 가운의 희
고 검은 비단보다 더 노골적으로 그녀의 어깨와 팔과
젖가슴의 윤곽을 드러내는 반짝이는 얇은 꺼풀도 느낀
다. 그녀는 그녀의 언니만큼이나 작고 날씬했다. 하지
만 첼리아가 그저 날씬한 정도라면 줄리에타는 거의 깡
말랐다. 깡마르고 톡톡 튀었다."[49] 여기 사용된 요소들,
즉 불꽃이 이는 몸의 온기, 향수 냄새, 어깨의 윤곽, 그
것이 무엇인지 알 수 없는 반짝이는 꺼풀, 참 꺼내기 어
려운 말인 '젖가슴' 같은 것들은 어느 관음증자의 혼란
스러운 희망몽(Wunschtraum)과 딱 맞아떨어진다. 그
관음증자는 전지적 작가로서 자기 자신의 만족을 위해
형상화한 장면─그녀가 그를 껴안고, 그는 그 포옹을
느끼는 따위─에 보이지 않게 개입해 들어간다. 소설
『빨강머리 여인』은 그러한 수치스러움을 넘어 악명 높
은 독일 과거를 대상으로 삼고 아우슈비츠를 일종의 배
경 장식으로 끌어들임으로써 구제 불능의 문학작품이
지닌 파렴치함을 완성한다. 사람들은 『빨강머리 여인』

을 여러 방식으로 구제하기 위해서, 그 소설을 공격한 독일 비평가들이 안더쉬가 참조한 수법인 영미 장르소설의 서스펜스 연출이나 이탈리아 네오리얼리즘의 생동감 넘치는 분위기에 대한 이해가 부족하다고 주장하기도 했다.[50] 이러한 주장에 대해 우리는 먼저 알프레트 안더쉬의 베네치아 키치와 『핀치콘티니家의 정원』[*] 사이에는 실로 엄청난 거리가 있음을 지적할 수 있으며, 또한 잘된 경우 높은 문학적 기대에 마땅히 부응하는 장르문학을, 높은 문학적 기대를 안고 등장하지만 결국 통속적인 잡지의 한구석으로 떨어지고 만 소설을 정당화하는 데 끌어들여선 안 된다고 말할 수 있다.

『에프라임』은 처음부터 독일 소설가들의 맨 앞자리를 기어코 차지하고야 말겠다는 안더쉬의 야심찬 기획으로 집필된 소설이었다. 안더쉬는 그 책 작업에 수년간의 시간을 들였는데, 그렇게 한 이유에는 무엇보다 비평가들이 자신의 근작에 지적한 약점들이 또다시 불거지지 않게 확실히 해두고자 하는 마음도 있었다. 실제로 독자들

---

[*] *Il Giardino dei Finzi-Contini*, 이탈리아 작가 바사니G. Bassani가 1962년에 발표한 소설. 이차대전 시기 유대인 가문의 영욕을 그린 작품이다.

은 일단 한결 더 진지하고 견고하게 집필된 작품이라는 인상을 받게 된다. 하지만 더 정확하게 살펴보면 그 인상은 오래가지 않는다. 잘 알려져 있다시피 『에프라임』은 유대계 독일인 출신의 영국 언론인이 직장 상사이자 동료인 카이르 호르네의 실종된 딸 에스더를 찾으려고 거의 이십오 년 만에 자기 고향 베를린에 간다는 이야기다. 그런데 이 잃어버린 딸(에프라임이 우리에게 밝혀주고 있듯이 아버지에게 배신을 당했던 딸)의 이야기는 글의 구조상 한쪽 구석으로 밀려나 겨우 맥을 이어가면서, 역설적으로 들리겠지만 그 딸아이 덕분에 작가 본인이 안고 있는 도덕적 과오의 트라우마를 건드리게 되겠구나 짐작하게 하는 방식으로 묘사된다. 허구적 인물인 카이르 호르네와 작가 안더쉬 사이에는 서로를 동일시할 만한 어떤 연결고리도 없다. 안더쉬는 "당시 베를린에서 최고로 아름다운 여자 하나를 잡은 뒤 1925년에 에스더를 낳았다고 (추정되는)"[51] 카이르 호르네에게서 자신의 다른 자아를 발견해내야 했겠지만 그러기는커녕 오히려 게오르게 에프라임이라는 인물을 자신의 분신으로 택한다. 더 정확하게 말하면, 그는 에프라임 안에 자신을 앉히고 그 안에서 자신을 무분별하게 확장한다. 그리하여 독자는 게오르게 에프라임이란 사람은 존재하지 않고 그 대신 희생자의 자리에서 조종하는 작가가 있을 뿐임을 차츰 깨닫게 된다. 이런 주장이 입증되는 곳이 바로 게오르게 에프라임의 수기手記로만 채워진 부분이다. 그 부분에 사용된 언어는 독일어, 즉 게오르게 에프라임이 저 멀리 아득한 과거에서 끌어올려야 하는 모국어이다. 하지만 그가 여러 번 소설에서 강조하는 이런 언어의 재발견은 실제로는 분명 어렵고 고통스러운 고고학적 작업이었을 텐데, 그런 모습은 어디에서도 찾아볼 수 없다. 오히려 게오르게 에프라임은 아주 놀라우리만치 금세, 또 어이없을 정도로 확실하고 쉽게, 한창 유행하는 은어(Jargons)를 구사한다. 가령 그는 여자가 떠나버려도 별안간 '맛이 가거나' 하지 않는 그런 부류의 남자 이야기를 하고, 자신이 함께하는 여성을 심하게 '치대는 것'은 아닌지 묻는다. 또 그는 케이르를 처음 만나 이탈리아에서 함께했던 전쟁 말기를 회상하며 자신은 "군인의 건방짐을 벗어던진 전형적인 후방 타입"이었다고 말한다. 또 "하노이 서쪽에서 마구잡이로 때려죽였던" 마지막 전투의 밤을 기억하고, 로마에서 "약간 소극적으로 행동하던 미국인 관광객 여자가 그래도 끝에 가서는 엑셀시오르 호텔이 있는 파리올리 구역의 플레이보이에게 '몸을 내주었을지'를 곰곰이 생각한다.[52] 이런 식으로 나열할 수 있는 사례들이 계속 제시된다. 주인공 또는 작중 화자의 어떤 언어적 망설임 같은 것은 흔적도 찾아볼 수 없다. 확실히 안더쉬는 군데군데 게오르게 에프라임에게 어울리지 않는 어조가 있음을 알아차렸음이 분명하다. 왜냐하면 그는 게오르게로 하여금―그 사이사이에 예방하는 차원에서―옛 고향 사람들의 최신 관용어법들에 물들기 쉽다는 것을 말하게 하기 때문이다.[53] 하지만 그렇게 합리화한 개입들은 맥주가 쏟아지자 좋은 밀가루를 부어 말리려 했다는 그림동화의 '어리석은 카트린헨'*의 행동을 연상시킨다. 그런 전제에서 보면 소설의 핵심 장면은 어떤 식으로도 납득하기 어렵다. 에프라임은 아나와 어떤 파티에 참석했다가 일면식도 없는 어떤 사람이 웃으며 "독가스로 죽을 때까지" 계속 즐길 작정이라고 말하는 소리를 듣는다. "나는 그에게 다가갔다"라고 에프라임/안더쉬는 쓰고 있다. "그러고는 그에게 물었다. '당신, 뭐

---

* 그림동화의 「프리더와 카트린헨」에 나오는 인물로, 프리더의 신부인 카트린헨은 문제를 푼답시고 점점 더 꼬이게 한다.

라고 했어?' 그의 대답이 떨어지기도 전에 나는 주먹을 불끈 쥐고 어퍼컷을 날렸다.(!—강조는 인용자) 그는 근육질 타입은 아니지만 나보다 머리 하나는 더 컸다. 그렇지만 난 군대에서 복싱을 좀 했다."[54] 이 장면이 유난히 혼란스러운 것은, 안더쉬가 있을 수 있는 이의 제기를 미연에 방지하려고 구사한 서술방법의 조야함 때문만은 아니다. 무엇보다도 화자 에프라임과 그 대변자에게서 개연성을 모조리 빼앗아버리고 있다는 데 그 이유가 있다. 에프라임의 폭력 분출은 정당한 도덕적 분노의 반응으로 의도된 것이긴 하지만, 실제로는 안더쉬가 자기 유대인 주인공의 영혼 속에 어느 독일군 졸병을 부지불식간에 투영시키고 있음을 보여준다. 그 졸병은 자기 같은 사람들을 어떻게 다루어야 하는지 유대인에게 시범 보이고 있는 것이다. 이 장면의 감춰진 맥락에서 역할은 전도顚倒되어 있다— 잘 알려져 있다시피 안더쉬는 소설에서 유대적인 것들을 조사하는 데 꽤 많은 노력을 기울인 작가였다. 게다가 그는 전기 작가 라인하르트가 충실히 보고해주듯이 "바젤에 있는 유대교 전문가 에른스트 루트비히 에어리히 박사에게 사례를 하고 유대인과 관련된 소설 부분을 한번 읽어달라"[55]고 요청하기까지 했다. 그러한 노력을 기울였는데도 유대인 독자 대다수가, 라이히라니츠키뿐 아니라 런던에 사는 안더쉬의 오래된 친구인 에드문트 볼프 같은 유대인까지 에프라임에게서 유대적인 것은 조금도 찾아낼 수 없다고 했는데, 나는 이런 반응이 전혀 놀랍지 않다고 생각한다. 게다가 에드문트 볼프가 그런 내용의 편지를 보내자 안더쉬가 모욕을 느꼈다고 전한 라인하르트의 말도, 마찬가지로 전혀 놀라울 게 없다고 생각한다.

마지막으로 『빈터슈펠트』*를 보자. 눈 덮인 아이펠** 지역, 텅 빈 풍경 속에 있는 몇몇 인물, 일시적으로 억류된 군단, 날아가는 까마귀 행렬, 불길한 정적, 아르덴 공세***가 있기 직전. 그 책은 고심 끝에, 다른 소설들보다 더 세심한 주의와 신중함을 기울여 쓰였다. 이 책의 전개는 종종 중단되고 시점의 변동도 자주 일어나며,

---

* 룩셈부르크, 벨기에 등과 인접한 독일 북서부 지역.
** 벨기에와 맞닿는 독일 서쪽 국경의 삼림지대.
*** 이차대전 때 서부 유럽 고원지대에서 치러진 독일군의 총공격을 말한다. 작전은 연합군의 항공기 폭격으로부터 부대를 숨기기 위해 안개가 아르덴 숲을 가리는 겨울에 이루어졌다. 1944년 12월 독일은 약 스무 개의 사단을 투입해 공세를 가했으나 연합군의 반격에 막혀 패한다. 연합군 측은 이를 '벌지 대전투'라고 불렀다.

다큐적인 틀은 작품 전체에 기본적으로 객관적인 특징 같은 것을 부여한다. 이 책은 분명 안더쉬의 최고작이지만 그의 변명 같은 것이기도 하다. 이야기는 어느 기도企圖된 저항 행위에 관한 것이다. 소설의 주인공 요제프 딘클라게 소령("1938년부터 여러 군관학교에 있었고, 전쟁 발발시에는 팬리히, 1940년 초에는 소위로 북부 라인 전선, 1941년부터 1942년까지는 육군 중위와 대위로 아프리카, 1943년에는 기사철십자 훈장을 받고 소령으로 임관되어 시칠리아에서, 1943년 가을부터 1944년 가을까지는 파리와 덴마크 점령지에서 복무한"[56] 인물)은 얼마 전부터 자신의 대대를 이끌고 미군에 투항하려는 은밀한 계획을 품고 있다. 그 계획에 '케테 렝크'도 합류한다. 케테는 올곧은 숙녀이자 교사로 "전쟁을 증오하지만"[57] 딘클라게의 기사철십자 훈장 때문에 그를 존경한다. 이 허구적 인물 둘은 알프레트 안더쉬와 기젤라 안더쉬를 대변하고 있다고 추측할 수 있다. 실제 안더쉬가 기젤라와 가까워진 장소도 아이펠이었다. 물론 소설 속 상황처럼, 그들이 정말로 당시에 저항할 수 있는 방법을 서로 궁리했는지는 의심스럽다. 결국 그 시점에 전쟁이 어떻게 끝날지 알 수 있었던 사람은 없었던 것이다. 케테와 딘클라게라는 두 인물은 과거를 돌이켜 만들어낸 희망의 이미지일 뿐이다. 사람들은 과거에 이 둘과 같았더라면 좋았을 것이라고 본다. 꼭 그 당시는 아니더라도 적어도 돌이켜보았을 때 말이다. 문학이 생애사를 교정하는 수단이 되고 있는 것이다. 케테의 본능적인 정직성이 케테를 부패할 수 없는 사람의 이상형으로 만든다. 케테의 영혼은 그 사악한 체제에 물들지 않는다. 딘클라게 또한 모든 의혹에서 벗어나 있다. 또 한 명의 기사철십자 훈장 수훈자 윙거처럼, 그는 군에서 품위와 자제심을 갖고 겨울을 난 뒤 이제 근본적으로 가망 없는 상황에서 결론을 내볼 작정이다. "용기의 문제는 사실상 장교의 문제이다."[58] 따라서 딘클라게 같은 사내는 집단적인 탈영을 주도해야 한다. 아무개 졸병처럼 단순히 도망가는 것은 그가 할 일이 아닌 것이다. 딘클라게가 끝내 계획에 실패하는 것도 그의 탓이 아니다. 전령 셰폴트는 양측 최전선 사이의 비무장지대에서 당황한 일개 군인 라이델에게 사살당하고 만다. 라이델은 전체 이야기에서 가장 있을 법한 인물이다. 안더쉬는 라이델의 언어에 정통해 있다. 딘클라게는 비교적 잘 짜인 인물로 보인다. 그는 정말 복잡한 인물로 『잔지바르』에서

리볼버를 든 채로 게슈타포와 맞서다 '뜻을 이루지 못하고 죽는' 영웅적인 목사 헬란더와 비슷하게, 한계상황에서 육체적 고통(요관절염과 전상戰傷)과 고귀한 회의로 괴로워하는 실존적인 경계인(Gratwanderer)으로 제시된다. 하지만 이 딘클라게라는 인물이 구현하는 독일 실존주의는 프랑스 실존주의와는 달리, 조직적인 저항을 이끌어낼 정당성을 갖추지 못하고 있다. 그래서 그 실존주의는 결국 공허하고 그릇된 몸짓으로 허구적이며 협소하고 근거 없는 것으로 남는다. 과거 『잔지바르』에서 탄압받는 예술작품을 망명지로 보내어 구출하는 이야기가 나오듯, 도덕성의 결핍을 예술의 상징적 저항으로 보완하려는 내적 망명의 시도는 『빈터슈펠트』에서도 비슷하게 나타난다. 내가 의심하는 것은 과연 그런 과거 소급적인 허구가 저항의 미학으로 총괄될 수 있다고 볼 수 있는지 하는 문제이다.

간략히 하나만 더 덧붙이겠다. 안더쉬가 생애 말엽에 좌파로 재전향한 일은 두고두고 여러 차례 논란이 되었다. 그 사건은 무엇보다도 안더쉬가 1976년에 취업금지법에 반대하는 시 「헌법 제3조 제3항」을 발표함으로써 발생한 논쟁이었다.* 이 시에서 그는 새로운 강제수용

소가 이미 설치되었다고 말한다. 분명히 누군가가 그런

＊독일헌법 제3조 제3항은 "누구도 자신의 인종, 언어, 고향, 출신, 신앙, 종교적, 정치적인 관점을 이유로 차별당하거나 선호되어서는 안 된다"는 것으로, 평등권을 규정한 조항이다. 1960년대 중후반 프랑스와 독일 등지를 휩쓸었던 68운동의 세력이 약해지면서, 독일의 68운동을 이끌었던 학생 좌파 세력 일부는 지하운동 세력으로 변모, 적군파를 결성하게 된다. 1972년 서독의 브란트 정부는 이런 극좌파의 테러 위협에 대응하기 위해서 공무원들의 신상을 조사하여 극좌파와의 연계가 발각되면 해당 공무원을 퇴출시키는 '취업금지령(Berufsverbot)'을 선포한다. 이는 헌법 제3조 제3항에 위배되는 내용으로, 당시 많은 지식인이 정부의 조치에 반발했다. 안더쉬 역시 그런 지식인 가운데 하나였는데, 그가 발표한 시 「헌법 제3조 제3항」에서 "새로운 강제수용소가 설치되었다"라는 표현이 말썽이 되었다. 이 표현은 서독 정부의 좌익 탄압을 나치스 정부의 유대인 학살과 동급으로 간주하는 의미를 담고 있었다. 이런 안더쉬의 표현에 많은 이가 당황해하고 불쾌해했는데, 남서독 방송국 프로그램 〈문학잡지Literaturmagazin〉의 프로듀서 디터 슈톨테가 안더쉬의 시를 낭송하려 했던 편집자의 계획을 저지하면서 이 시에 대한 불쾌감을 방송에 표명하는 사건이 일어난다. 이 사건으로 안더쉬의 시는 정치적인 파장을 일으키게 되었다. 몇몇 비평가는 이런 표현이 시적인 과장 수법으로 허용될 수 있다고 안더쉬를 변호했으나, 안더쉬는 자신이 과장하려는 의도는 결코 없었고, 서독 정부의 좌익 색출이 '정신적인' 강제수용소 설치와 다름없다고 생각한다고 답함으로써 논란은 더욱 커졌다. 안더쉬의 시 「헌법 제3조 제3항」 논쟁은 또다른 중요한 논점을 낳기도 했다. 그것은 정치적으로 민감한 주제의 시를 언론매체에서 수용자들에게 아무런 설명 없이 노출해도 되는가와 관련된 문제로, 언론과 언론 수용자 사이의 정치적으로 올바른 관계 설정의 문제였다.

사태에 대응하여 일말의 진실 이상을 말하는 것이 필요하긴 했을 것이다. 하지만 그사이 문학사에도 이름을 남긴 이 악명 높은 추문에 대해 사람들은 불편한 감정을 떨치지 못하고 있다. 그 이유는, 한 치의 망설임도 없이 표명된 안더쉬의 이런 극단적인 입장이 다소 뜬금없는 것이었기 때문이다. 물론 그가 스위스 티치노로 망명한 것을 독일의 참을 수 없는 상황에서 행한 불가피한 선택으로 즐겨 묘사하곤 했지만, 그것을 진지하게 받아들인 사람은 아무도 없었다. 독일에 대한 안더쉬의 입장이나 정치적 견해는, 내 소견으로는 그가 1959년 성탄절에 함부르크에 사는 친구 볼프강 바이라우흐에게 보낸 편지에 가장 잘 나타나 있다고 생각한다. "나는 심술궂게 빙그레 웃으며 지켜본다네. (…) 자네들이 비대해지는 신나치 때문에 녹초가 되는 것을, 그리고 벌써 저항운동을 재개해야 하는 건 아닌지를 말일세. 이 후방에 앉아 지켜보는 게 참으로 좋다네."[59] 안더쉬는 기본적으로 항상 후방에 있는 남자였다. 그러니 1970년대 초에 그가 스위스인이 된 것도 당연한 귀결이다. 그가 꼭 망명해야 했던 건 아니었다. 그는 스위스로 귀화하는 과정에서 티치노 주의 이웃 막스 프리쉬와 몇 년간 불화를 빚었다. 프리쉬가 안더쉬 자신이 추진하는 바를 지지해주지는 못할망정 폄훼하고 있다고 느꼈기 때문인데, 프리쉬는 어느 곳에선가 이렇게 썼다. "그[안더쉬]는 스위스를 좋아한다. 하지만 스위스는 그의 관심사가 아니다."[60]—이 불화는 명예욕과 이기심, 르상티망과 원한에 시달리는 내면생활에 대한 통찰 그 이상을 제공한다. 문학작품은 내면생활을 감싼 외투에 불과하다. 하지만 그 저급한 안감은 어디에서나 드러나는 법이다.

공중전과 문학

1 H. Glaser, *1945-Ein Lesebuch*(Frankfurt am Main, 1995), 18쪽 이하; Sir Charles Webster und Noble Frankland, *The Strategic Air Offensive Against Germany*(Her Majesty's Stationary Office, 1954-1956), 그중 특히 첨부자료, 통계표, 문서 들을 모아놓은 제4권 참조.

2 Alexander Kluge, *Geschichte und Eigensinn*(Frankfurt am Main, 1981), 97쪽 참조.

3 Hans Magnus Enzensberger, *Europa in Trümmern*(Frankfurt am Main, 1990), 240쪽.

4 같은 책, 188쪽.

5 Willi Ruppert, *...und Worms lebt dennoch*(보름스의 한 출판사, 연도 미상).

6 Enzensberger, 같은 책, 110쪽.

7 같은 책, 11쪽.

8 Heinrich Böll, *Hierzulande*(München, 1963), 128쪽.

9 Böll, *Der Engel schwieg*(Köln, 1992).

10 Enzensberger, 같은 책, 20쪽 이하 참조.

11 Hans Erich Nossack, "Der Untergang," in: *Interview mit dem Tode*(Frankfurt am Main, 1972), 209쪽.

12 Max Hastings, *Bomber Command*(London, 1979), 346쪽.

13 Charles Messenger, *'Bomber' Harris and the Strategic Bombing Offensive 1939-1945*(London, 1984), 39쪽에서 재인용.

14   Webster und Frankland, 같은 책, 144쪽.

15   Albert Speer, *Erinnerungen*(Berlin, 1969), 359쪽 이하 참조.

16   Hastings, 같은 책, 349쪽.

17   Gerard J. De Groot, "Why did they do it?" in: *Times Higher Educational Supplement*(1992.10.16.), 18쪽 참조.

18   같은 곳에서 재인용.

19   Solly Zuckerman, *From Apes to Warlords*(London, 1978), 352쪽.

20   Elain Scarry, *The Body in Pain*(Oxford, 1985), 74쪽.

21   런던 제국전쟁박물관에 소장된 〈베를린 공습Raid on Berlin〉(1943.9.4.) 녹음 테이프.

22   Klaus Schmidt, *Die Brandnacht*(Darmstadt, 1964), 61쪽.

23   Nikolaus Martin, *Prager Winter*(München, 1991), 234쪽 참조.

24   Friedrich Reck, *Tagebuch eines Verzweifelten*(Frankfurt am Main, 1994), 220쪽.

25   같은 책, 216쪽.

26   Nossack, 같은 책, 213쪽.

27   Kluge, *Neue Geschichten. Hefte 1-18 "Unheimlichkeit der Zeit"*(Frankfurt am Main, 1977), 106쪽.

28   같은 책, 104쪽.

29   Victor Klemperer, *Ich will Zeugnis ablegen bis zum letzten—Tagebücher 1942-1945*(Berlin, 1995), 661쪽 이하 참조.

30   Nossack, 같은 책, 211쪽.

31   Reck, 같은 책, 216쪽.

32   같은 책, 221쪽.

33   Enzensberger, 같은 책, 203쪽 이하에서 재인용.

34   같은 책, 79쪽.

35   Zuckerman, 같은 책, 322쪽.

36   Nossack, 같은 책, 211쪽 이하; 226쪽 이하 참조.

37   Böll, *Frankfurter Vorlesungen*(München, 1968), 82쪽 이하 참조.

38   Nossack, 같은 책, 238쪽.

39   같은 곳.

40   Böll, *Der Engel schwieg*, 138쪽.

41   Zuckerman, 같은 책, 327쪽에서 재인용.

42   Böll, 같은 책, 70쪽.

43   Nossack, 같은 책, 238쪽 이하.

44   Böll, 같은 책, 57쪽.

45   Nossack, 같은 책, 243쪽.

46   Böll, 같은 책, 45쪽 이하.

47   Stig Dagerman, *German Autumn*(London, 1988), 7쪽 이하에서 재인용 및 사진 재수록.

48   Victor Gollanz, *In Darkest Germany*(London, 1947), 30쪽.

49   Böll, 같은 책, 92쪽.

50   같은 곳.

51   Martin Middlebrook, *The Battle of Hamburg*(London, 1988), 359쪽 참조.

52   Kluge, 같은 책, 35쪽.

53   Nossack, 같은 책, 220쪽.

54   Kluge, *Theodor Fontane, Heinrich von Kleist, Anna Wilde— Zur Grammatik der Zeit*(Berlin, 1987), 23쪽.

55   Schmidt, 같은 책, 17쪽.

56   Nossack, 같은 책, 245쪽.

57   Max Frisch, *Tagebücher*, Enzensberger, 같은 책에서 261쪽에서 재인용.

58   Zuckerman, 같은 책, 192쪽 이하에서 재인용.

59   Thomas Mann, *Doktor Faustus*(Frankfurt am Main, 1971), 433쪽.

60   Nossack, *Pseudoautobiographische Glossen*(Frankfurt am Main, 1971), 51쪽.

61   Hermann Kasack, *Die Stadt hinter dem Strom*(Frankfurt am

Main, 1978), 18쪽.

62 같은 책, 10쪽.

63 Nossack, 같은 책, 62쪽.

64 Kasack, 같은 책, 152쪽.

65 같은 책, 154쪽.

66 같은 책, 142쪽.

67 같은 책, 315쪽.

68 Nossack, 같은 책, 47쪽 "당시 진짜 문학은 비밀의 언어로 쓰여 있었다." 참조.

69 Nossack, *Interview mit dem Tode*, 225쪽 참조.

70 같은 책, 217쪽.

71 같은 책, 245쪽.

72 Elias Canetti, *Die gespaltene Zukunft*(München, 1972), 58쪽.

73 Peter de Mendelssohn, *Die Kathedrale*(Hamburg, 1983), 10쪽.

74 같은 책, 29쪽.

75 같은 책, 98쪽 이하.

76 같은 책, 234쪽.

77 같은 책, 46쪽.

78 Arno Schmidt, *Aus dem Leben eines Fauns*(Frankfurt am Main, 1973), 152쪽.

79 Hubert Fichte, *Detlevs Imitationen 'Grünspan'*(Frankfurt am Main,1982), 35쪽.

80 Kluge, 같은 책, 35쪽.

81 같은 책, 37쪽.

82 같은 책, 39쪽.

83 같은 책, 53쪽.

84 같은 책, 59쪽.

85 같은 책, 63쪽.

86 같은 책, 69쪽.

87   같은 책, 79쪽.

88   같은 책, 102쪽 이하.

89   같은 곳.

90   Walter Benjamin, *Illuminationen*(Frankfurt am Main, 1961), 273쪽.

91   Jörg Friedrich, *Das Gesetz des Krieges*(Munchen, 1995).

92   Hg. G. Wolfrum und L. Bröll(Sonthofen, 1963).

93   Gunter Jäckel, "Der 13. Februar 1945-Erfahrungen und Reflexionen," in: *Dresdner Hefte*, N. 41(Dresden, 1995), 3쪽 참조.

94   Kenzaburo Oe, *Hiroshima Notes*(New York and London, 1997), 20쪽 참조.

95   Hans Dieter Schäfer, *Mein Roman über Berlin*(Passau, 1990), 27쪽.

96   Schäfer, "Zur Periodisierung der deutschen Literatur seit 1930," in: Hg. N. Born und J. Manthey, *Literaturmagazin*, N. 7(Reinbek, 1977).

97   Schäfer, *Mein Roman über Berlin*, 29쪽.

98   같은 곳.

99   같은 곳.

100 Hg. Schäfer, *Berlin im Zweiten Weltkrieg*(Munchen, 1991).

101 같은 책, 161쪽.

102 같은 책, 164쪽.

103 Franz Lennartz, *Deutsche Schriftsteller des 20. Jahrhunderts im Spiegel der Kritik*, 제2권(Stuttgart, 1984), 1164쪽.

104 Karl Heinz Janßen, "Der große Plan," ZEIT-Dossier, 1997.3.7. 참조.

105 Jäckel, 같은 글, 6쪽 참조

106 Canetti, 같은 책, 31쪽 이하에서 재인용.

107 Antony Beevor, *Stalingrad*(London, 1988), 102쪽 이하 참조.

작가 알프레트 안더쉬

1   Hg. Winfried Stephan, *"...einmal wirklich leben" — Ein Tagebuch in Briefen an Hedwig Andersch 1943-1979*(Zürich, 1986), 70쪽 이하 참조. 훗날의 편지에서 안더쉬는 '사랑하는 엄마'를 걸핏하면 'Dear Mom' 또는 'Ma chère Maman'이라고 부른다. 상당히 완고한 안더쉬 여사가 여기에 어떻게 장단을 맞춰주었는지 우리는 알지 못한다.

2   같은 책, 50쪽, 57쪽, 59쪽, 111쪽, 116쪽, 126쪽, 144쪽 참조.

3   같은 책, 123쪽.

4   Hans Werner Richter, *Im Etablissement der Schmetterlinge — Einundzwanzig Portraits aus der Gruppe 47*(München, 1988), 24쪽.

5   Stephan Reinhardt, *Alfred Andersch. Eine Biographie*(Zürich, 1990), 208쪽.

6   같은 곳.

7   Erhard H. Schütz, *Alfred Andersch*(München, 1980), 44쪽 이하 참조. 여기에 가장 중요한 서평들이 인용되어 있다.

8   Alexander Koeppen, *Börsenblatt des deutschen Buchhandels*, N. 14, 1966.

9   Marcel Reich-Ranicki, *Sonntagsblatt*, N. 12, 1961.

10   Helmut Salzinger, *Stuttgarter Zeitung*(1967.10.11.); Joachim Gunther, *Neue Deutsche Hefte*(제14권, 1967, 제3호), 133쪽 이하.

11   Reinhardt, 같은 책, 438쪽.

12   같은 곳.

13   같은 책, 534쪽.

14   Alfred Andersch, *Kirschen der Freiheit*(Zürich, 1971), 42쪽.

15   같은 책, 43쪽.

16   같은 책, 39쪽.

17   Reinhardt, 같은 책, 580쪽에서 재인용.

18   Andersch, 같은 책, 46쪽.

19   같은 책, 45쪽.

20   Reinhardt, 같은 책, 58쪽.

21   같은 곳.

22   같은 책, 55쪽 이하 참조.

23   같은 책, 84쪽 참조.

24   같은 책, 82쪽.

25   Andersch, *Erinnerte Gestalten* (Zürich, 1986), 99쪽, 157쪽, 160쪽 참조.

26   Reinhardt, 같은 책, 74쪽.

27   베를린에 있는 독일 관청 문서고의 전쟁포로문서(1944.10.8.).

28   Andersch, 같은 책, 90쪽. 또한 어느 누가—여기 인용된 문장이 함축하는 바와 같이—패전국 쪽으로 도망가려고 하겠는가?

29   Reinhardt, 같은 책, 647쪽.

30   같은 책, 73쪽 참조. 안더쉬는 자신의 중대장에게, 종전의 강제수용소 수감자들을 독일군으로부터 풀어주라는 히틀러의 명령이 인쇄된 통지서를 근거로 내세웠다.

31   Hg. Stephan, 같은 책, 20쪽 참조.

32   같은 곳 참조.

33   같은 책, 47쪽.

34   같은 곳.

35   Urs Widmer, *1945 oder die 'neue Sprache'* (Düsseldorf, 1966).

36   Hg. Hans A. Neunzig, *Der Ruf* (München, 1971), 21쪽.

37   Manfred Overesch, *Chronik deutscher Zeitgeschichte* (Düsseldorf, 1983), 2/II, 439쪽 이하 참조.

38   Hg. Neunzig, 같은 책, 26쪽 참조.

39   Andersch, *Sansibar oder der letzte Grund* (Zürich, 1970), 101쪽.

40   Andersch, 같은 책, 55쪽. [국역본은 70쪽.]

41 같은 책, 59쪽.

42 같은 책, 106쪽. [국역본은 132쪽.]

43 같은 곳.

44 같은 책, 22쪽. [국역본은 29쪽.]

45 Hg. Stephan, 같은 책, 13쪽.

46 Andersch, *Kirschen der Freiheit*, 86쪽.

47 같은 책, 87쪽.

48 Andersch, *Die Rote*(Zürich, 1972), 152쪽 이하.

49 같은 책, 68쪽.

50 예를 들어, Thomas Koebner, *Lexikon der deutschsprachigen Gegenwartsliteratur*, Hg. Hermann Kunisch und Herbert Wiesner(München, 1981), 26쪽; Volker Wehdeking, *Alfred Andersch*(Stuttgart, 1983), 91쪽 참조.

51 Andersch, *Efraim*(Zürich, 연도 미상), 61쪽, 204쪽, 70쪽, 64쪽, 134쪽 참조.

52 같은 곳.

53 같은 책, 56쪽 참조.

54 같은 책, 152쪽 이하 참조.

55 Reinhardt, 같은 책, 423쪽.

56 Andersch, *Winterspelt*(Zürich, 연도미상), 39쪽.

57 같은 책, 41쪽.

58 같은 책, 443쪽.

59 Reinhardt, 같은 책, 327쪽에서 재인용.

60 같은 책, 500쪽, 508쪽 참조.

'역사의 천사'의 문학을 위하여

　이 책은 독일 문단의 '아웃사이더' 작가 W. G. 제발트(1944~2001)의 문제작 『공중전과 문학』을 완역한 것이다. 이 작가를 '아웃사이더'라 명명한 이유는 그가 '독일인'으로 태어났지만 '독일인'이기를 원치 않았고, 그러면서도 독일이 회피하고자 했던 독일의 역사에 가장 집요한 관심을 쏟은 '독일인' 중 하나이기 때문이다. 제발트는 1944년 독일 남부 알고이 지방의 베르타흐에서 태어났다. 그는 대학에서 문학을 공부한 뒤 1966년부터 영국과 스위스 등지에서 독일문학 강사로 일하며 학업과 연구를 병행했다. 1986년 오스트리아 작가들을 다룬 『불행의 기술記述』이란 저작으로 교수자격을 취득한 뒤 영국으로 이주했다. 그리고 1988년 이후 영국 동남부 노리치에 소재한 이스트앵글리아 대학에서 현대문예학을 가르치는 교수로 재직했다. 2001년 갑작스러운 교통사고로 사망할 때까지 제발트는 삼십여 년의 시간을 독일 바깥에서 보낸 셈이다. 그는 바로 이런 삶을 '자발적 망명'이라 불렀다. 그 이유는 이 책에도 잘 드러나 있지만 이차대전중 독일이 저지른 범죄를 충분히 반성하고 애도하지 않는 독일 소시민과 지식인 사회에 대해 분노와 염증을 느꼈기 때문이다. 그는 아도르노가 미국 망명생활중에 통찰했듯이, 오늘날 자기 집에서 편히 쉬지 않는 것이 한 가지 도덕이 된다는 망명자의 윤리를 믿었고 지켰던 사람이다.

독일문학 연구자로서 논문, 에세이, 평론만을 발표했던 제발트는 1990년대부터 역사와 픽션의 경계를 오가는 네 편의 '산문 픽션'을 잇따라 발표하면서 (좁은 의미에서의) 작가로 알려지기 시작했다. 이 작품들은 『현기증. 감정』(1990), 『이민자들』(1992), 『토성의 고리』(1995) 『아우스터리츠』(2001)이다. 이 '산문 픽션'과 제발트의 학술논문 사이에 바로 『공중전과 문학』이 자리하고 있다. 즉 『공중전과 문학』은 우선 '산문 픽션'들처럼 잡다한 소재들과 무수한 텍스트들을 종횡무진 오가며 만들어낸 사유의 가닥으로 몇 가지 중심 주제들을 에워싸는 수법으로 글의 얼개를 짜고 있다. 그러나 다른 한편 이 글은 일체의 진술이 '사실'을 말하고 있다고 간주되기에 곧바로 논쟁이나 시비가 붙을 가능성이 높은 장르에 속한다는 점에서 그의 '산문 픽션'과 구분된다. 실제로 이 책은 출간되자마자 독일에서 '제발트 논쟁'을 일으킨 바 있다.

『공중전과 문학』은 크게 두 편의 텍스트로 구성되어 있다. 앞에 실린 동명 에세이 「공중전과 문학」은 제발트가 1997년에 취리히 대학의 초청을 받아 네 번에 걸쳐서, 독문학자라기보다 작가로서 강연한 내용을 강연 후기와 함께 책으로 묶어낸 것이다. 두번째 논문 「작가 알프레트 안더쉬」는 1993년 제발트가 세계문학 계간지 『레트르 인터나치오날Lettre International』에 발표한 「진퇴양난에 빠진 알프레트 안더쉬. 섭리 속에서의 실종Between the devil and the deep blue sea. Alfred Andersch. Das Verschwinden in der Vorsehung」이라

는, 거의 망각되다시피 한 논문을 제목만 다듬어 다시
수록한 것이다.

「공중전과 문학」에 드러나는 제발트의 논점은 섬세
한 시각에서 되짚어볼 필요가 있다. 그렇지 않으면 제
발트의 주장이 연합군의 독일 공습을 무작정 비판하는
것으로 오독될 소지가 있기 때문이다. 제발트의 취리히
강연이 비판하는 바는 크게 세 가지로 정리할 수 있을
것이다. 일단 이 글은 전쟁 그 자체의 무상함을 비판적
으로 성찰한다. 제발트는 이차대전 막바지에 독일 전역
을 초토화시킨 공중전이 처음부터 나치스 독일에 대한
무분별한 보복전으로 계획된 것은 아니었음을 분명히
한다. 오히려 이 공중전 전략은 이차대전 당시 사면초
가에 빠져 있던 영국이 전쟁의 국면을 어떻게든 전환할
수 있는 사실상 거의 유일한 방책이었다. 그러나 이 공
중전 역시 곧 전쟁의 본질적 모습을 드러낸다. 그것은
정치나 도덕, 아니 인력 전체의 개입과 억지력을 넘어
서는 자기 동력과 자기 논리로 가동되는 재앙이었다.
이런 점에서 전쟁은 자연적인 재앙으로 드러나며 자연
사의 일부가 된다. 바로 이런 관점에서 제발트는 공중
전이 가한 파괴의 과정을 일종의 '자연사'로 기술하고

자 한다. 「공중전과 문학」은 전쟁 비판과 동시에 바로 공중전의 자연사 기술에 대한 시론이기도 하다.

두번째 비판은 현대 독일 사회의 집단적 망각을 겨냥한다. 제발트는 오늘날의 독일 국가가 공습으로 희생된 시체를 몰래 묻어버리고 지워버리는 은밀한 집단적 죄를 통해 결속을 다지고 있다고 폭로한다. 실제로 독일은 공습으로 희생된 사람들의 죽음을 애도하고 그 의미를 역사적으로 기억하며 평가하는 것을 국가적 차원에서 의도적으로 회피해왔다. 여기에는 적어도 두 가지 이유가 있다. 첫째, 독일의 특수한 처지에 그 원인이 있다. 이차대전중 극악무도한 범죄를 수없이 저지른 독일로서는 전쟁중에 일어난 자국민의 피해를 하소연할 수도 없는 처지에 있었다. 둘째, 독일 국민 스스로가 나치스 독일과 관련된 과거를 하루라도 빨리 씻어버리고 '완전히' 새로운 국가를 건설하려는 열망에 가득 차 있었다. 그들에게 공습으로 파괴된 독일 도시는 아픈 상처이기 이전에 수치스러운 역사의 현장이었다. 이런 독일 국민의 태도는 종전 직후 국가의 존립 자체가 위협받는 상태에서 불가피한 선택이었을 수도 있다. 그러나 문제는 그 이후이다. 여전히 공습 피해는 적절하게 애도된 적이 드물며, 독일 국민 대다수가 이를 애도할 능력도 갖추지 못한 채 세월이 흘러 이제는 망각되어버린, 별다른 의미도 남기지 못하는 과거사가 된 것이다. 저명한 심리학자 미처리히 부부의 진단대로 전후 독일사회는 '애도할 줄 모르는 무능력'에 빠진 셈이다. 이것이 화려한 경제 기적에 감춰진 독일의 병든 속내라고 제발트는 강도 높게 비난한다.

세번째 비판은 이 강연의 가장 핵심적인 비판이다. 그것은 독일문학 전체가 공습이라는 현실에 직면해 보여준 무능력과 무책임의 문제이다. 제발트는 독일 전후 문학이 나치스 시대에 와해된 독일문학을 재건시키는 데 성공했다고 자부하지만, 실제로는 당시 생생한 현실로 다가왔을 공습 문제에 대해서는 침묵으로 일관했거나, 얼마간 다루었다 해도 매우 미흡하고 부적당한 방식으로 다루었음을 신랄하게 비판한다. 제발트는 이 테제를 논증하기 위해 헤르만 카자크, 한스 에리히 노사크, 아르노 슈미트, 페터 드 멘델스존 같은 유명 소설가들의 작품을 살펴보면서, 몇몇 예외적 대목을 제외하고 이들 작품이 하나같이 부적당한 방식으로 파괴, 죽음, 종말, 희생의 문제를 재현하고 있음을 보여준다. 그렇다면 제발트가 생각하는, 파괴를 문학으로 서술하는 '적절한' 방식은 무엇인가라는 질문이 자연히 제기된다. 이는 아도르노의 절망적 물음인 '아우슈비츠 이후 문학은 어떻게 가능한가'라는 문제와 직결되는 중요한 질문이다. 제발트는 고통의 시대, 절망의 시대에 문학의 본령은 역사적 현실을 기록하고 탐구하고 애도하는 데 있다고 본다. 그는 특히 독일의 비판적 지식인 작가 알렉산더 클루게의 다큐멘터리 기법을 예로 들면서 문학의 가능성이 사실을 기록하는 데 있다고 말한다. 그렇다면 문학은 역사 기술과 무엇이 다른가. 제발트는 문학과 역사를 본질적으로 구분하는 차이는 없다고 생각한다. 즉 문학의 내러티브가 역사 기술의 한 측면이며, 문학이 소위 객관적 역사 기술과는 방식을 달리하는, 혹은 그런 역사 기술이 결코 보여줄 수 없는 또다른 역사를 보여줄 수 있다고 본다. 제발트의 이런 생각은 독일어에서 '역사'와 '이야기'가 동일한 한 단어(Geschichte)로 지칭된다는 점에서도 설득력을 얻는다.

　이런 제발트의 문학적 지향에서 발터 벤야민의 '역사의 천사'는 본문에서 알렉산더 클루게의 모습과 겹쳐지면서, 현대 작가의 알레고리이자 역할 모델이 된다. '진

보'라 불리는 거대한 폭풍에 휩쓸려 앞으로 밀려가면서
도 경악과 근심, 슬픔으로 자꾸 뒤를 바라보는 그런 천
사의 모습은 제발트 본인의 문학에서도 기조를 이루는
것이다. 따라서 이런 작가상을 정언적으로 요구하고 있
는 「공중전과 문학」은 제발트의 문학이 어떤 비판적 지
점에서 출발하고 있는지를 보여주는 '열쇠 글'이라 할
수 있으며, 폴커 하게가 간파해냈듯이 그의 문학에 대
한 일종의 '서문'으로 볼 수 있다.*

　제발트의 비판은 독일 문단에서 민감한 반응을 불러
일으켰다. 독일 전후문학을 향한 비판은 '안더쉬 논문'
과 함께 현대 독일문학의 '원로들'을 법정으로 불러낸
것이기 때문이다. 아르노 슈미트와 같은 개별 작가들을
옹호하는 산발적 반응이 반론의 대다수를 이루는 가운
데 폴커 하게의 반론이 단연 주목할 만하다. 그는 독일
문학이 공습 문제에 침묵으로 일관했다는 제발트의 주
장이 일단은 사실과 맞지 않는다면서 그가 놓친 작품
몇몇(특히 게르트 레디히의 소설들)을 제시했다. 또한 독
일문학이 공습에 대해 언급을 삼갔다면 그것은 공습을

---

* Volker Hage, *Zeugen der Zerstörung. Die Literaten und der
Luftkrieg*(Frankfurt am Main, 2003).

어떤 식으로든 언명하는 것은 (그것이 문학이라 해도) 종전 직후 독일의 상황을 고려해볼 때 매우 부적절한 것이었음을 의식했던 탓이라며 제발트의 극단적 주장을 비판했다. 결국 이 '제발트 논쟁'에서 제발트가 가한 공격은 전후문학이 해내지 못한 일을 현재 자신의 문학이 이루고 있음을 영국 변두리에서 독일문학계에 각인시키려는 의도가 숨어 있다는 식으로 해석되었다.

이런 해석을 강화시켜준 것이 바로 제발트의 두번째 글이다. 두번째 논문이 비판적으로 고찰한 작가 알프레트 안더쉬 역시 전후 독일문학을 일으켜 세운 '원로' 중 하나로 추앙받는 인물이다. 그러나 제발트의 시선에서 작가 안더쉬는 시대의 상황에 맞게 자신의 유리한 상을 만들어낸 '타협주의자'로 드러난다. 이 글 역시 숱한 논쟁을 불러왔다. 그 비판은 인신공격이라는 비난을 피하기 어려울 정도로 작가의 생애를 집요하게 문제삼는다. 이런 문제는 한국 문학에서도 낯설지 않은 구도이다. 지난날 친일 행적을 보였거나 독재정권에 협력했던 작가의 문학을 어떻게 평가할 것이냐 하는 문제와 비슷하다. 또한 이 글은 일반적인 논문과 달리 완곡한 어조로 비판하지 않으며 도발적 표현도 서슴지 않는다. 결국

「작가 알프레트 안더쉬」는 안더쉬라는 아버지상, 건립자상을 비판함으로써 전후 독일문학의 윤리적 정당성에 관한 논쟁을 독일문학계에 일으키고자 쓴 글로 볼 수 있다. 그러나 제발트의 의도와 달리 이 글은 독일문학계에 논쟁을 불러일으키지 못했다. 아니, 그가 충격을 받을 만큼 아무 반향도 일지 않았다. 제발트의 입장이 독일문학계에서 얼마나 '아웃사이더'적인 것이었는지 새삼 확인할 수 있는 대목이다.

이 책을 번역하는 데 많은 도움을 준 조효원, 윤정민, Andrej, 차원일, 홍신영에게 고마움을 전한다. 그밖에 졸역을 읽느라 고생한 문학동네 편집부와 인문팀의 허정은 씨께도 감사드린다. 특히 번역을 제안해주신 문학동네의 고원효 부장님께 큰 감사를 드리고 싶다. 이 번역은 그의 날카로운 질문과 꼼꼼한 교정에 크게 빚지고 있다.

2013년 6월
이경진

1944	5월 18일 독일 바이에른 주 베르타흐에서 태어난다. 베르타흐는 어린 제발트에게 큰 영향을 끼친 외조부가 마흔 해 동안 지방 경찰관으로 근무한 곳이다.
1947	프랑스에서 전쟁포로로 억류되어 있던 부친이 귀환한다.
1952	바이에른 주의 존트호펜으로 이주한다.
1956	외조부가 세상을 떠난다.
1963	심장병 때문에 병역을 면제받고, 프라이부르크에서 독일문학을 전공한다.
1965	스위스 프리부르로 옮겨 공부를 계속한다.
1966	학사학위를 취득한다. 같은 해, 연구생 자격으로 영국 맨체스터 대학에 진학한다.
1967	오스트리아 출신 여성과 결혼한다.
1968	카를 슈테른하임에 관한 논문으로 석사학위를 취득하고, 1969년까지 스위스 장크트갈렌에 있는 기숙학교에서 한 해 동안 교사생활을 한다.
1969	『카를 슈테른하임: 빌헬름 시대의 비평가이자 희생자 *Carl Sternheim: Kritiker und Opfer der Wilhelminischen Ära*』를 출간한다.
1970	영국 노리치의 이스트앵글리아 대학에서 강의한다.
1973	알프레트 되블린에 관한 논문으로 박사학위를 취득

한다.

1975   뮌헨의 독일문화원에서 근무한다.

1976   아내, 딸과 함께 다시 영국으로 이주하여 노퍽 주 포
링랜드에 있는 사제관에서 근무한다.

1980   『되블린 작품에 나타난 파괴의 신화*Der Mythus der
Zerstörung im Werk Doblins*』를 발표한다.

1985   에세이집 『불행의 기술. 슈티프터에서 한트케까지 오스
트리아문학에 관하여*Die Beschreibung des Unglücks.
Zur österreichischen Literatur von Stifter bis
Handke*』를 출판하다.

1986   함부르크 대학에 교수자격논문을 제출한다.

1988   이스트앵글리아 대학 현대독일문학 교수직에 임명
된다. 『급진적 무대: 1970년대와 1980년대 독일 연
극*A Radical Stage: Theatre in Germany in the
1970s and 1980s*』을 편집한다. 첫 산문시집 『자연
을 따라. 기초시*Nach der Natur. Ein Elementar-
gedicht*』를 출간한다.

1989   이스트앵글리아 대학에 영국문학번역센터를 창립
한다.

1990   『현기증. 감정들*Schwindel. Gefühle*』을 출간한다.

1991   『섬뜩한 고향. 오스트리아문학에 관한 에세이
*Unheimliche Heimat. Essays zur österreichischen
Literatur*』를 출간한다.

1992   『이민자들*Die Ausgewanderten. Vier lange
Erzählungen*』을 출간한다.

1994	베를린 문학상, 요하네스 보브롭스키 메달, 노르트 문학상을 수상한다.
1995	『토성의 고리 *Die Ringe des Saturn. Eine englische Wallfahrt*』를 출간한다.
1997	뫼리케 상, 윈게이트 픽션 상, 하인리히 뵐 상을 수상한다.
1998	『시골 여관에서의 숙식. 고트프리트 켈러, 요한 페터 헤벨, 로베르트 발저 등의 작가 초상 *Logis in einem Landhaus. Autorenportraits über Gottfried Keller, Johann Peter Hebbel, Robert Walser u.a.*』을 출간한다.
1999	『공중전과 문학 *Luftkrieg und Literatur. Mit einem Essay zu Alfred Andersch*』을 출간한다.
2000	하이네 상, 요제프 브라이트바흐 상을 수상한다.
2001	영문 시집 『벌써 몇 년 *For years now*』을 출간한다. 『아우스터리츠 *Austerlitz*』를 출간한다. 12월 14일 노리치 부근에서 교통사고로 세상을 떠난다.
2002	브레멘 문학상을 수상한다. 『아우스터리츠』로 전미 도서비평가협회상, 윈게이트 픽션 상을 수상한다.
2003	『못다 이야기한 것, 서른세 편의 텍스트 *Unerzählt, 33 Texte*』와 『캄포 산토 *Campo Santo. Prosa, Essays*』가 출간된다.
2008	시선집 『대지와 물을 지나서 *Über das Land und das Wasser. Ausgewählte Gedichte 1964-2001*』가 출간된다.

게오르게, 슈테판(Stefan George, 1868-1933). 오스트리아 출신의 시인, 번역가. 이른바 '게오르게 서클'을 형성해 독일어권에 상징주의와 유미주의 열풍을 일으키며, 동시대 젊은 문인들과 청년들에게 큰 영향을 끼쳤다. 그중에는 시인 후고 폰 호프만슈탈(Hugo von Hofmannsthal), 문예사가 프리드리히 군돌프(Friedrich Gundolf), 1944년에 히틀러 암살을 기도한 슈타우펜베르크 대령(Graf von Stauffenberg) 등이 있었다. 게오르게는 사십 대에 접어들면서 문명을 비판하는 예언적이고 종교적인 성향이 강한 시를 쓰기 시작했다. 이런 배경에서 나온 시집이 『동맹의 별*Der Stern des Bundes*』(1914)이다. 그는 일차대전 당시 폭력의 광풍에 휩쓸리지 않고 전쟁의 암울한 종말을 예언한 덕분에, 독일이 전쟁에 패배한 뒤 1920년대에 독일 청년들의 정신적 우상으로 추앙받았다. 1933년 나치스의 집권 이후, 괴벨스가 제의한 독일문학원장 자리를 거절하고 스위스로 망명했다.

골란츠, 빅터(Victor Gollancz, 1893-1967). 영국의 좌파 출판업자, 인권운동가. 폴란드에서 영국으로 망명한 랍비의 아들로 태어났지만, 집안의 독실한 유대교 신앙과 거리를 두었다. 뛰어난 수완으로 첫 직장인 어니스트 벤(Ernest Benn) 출판사를 일으켰지만 정치적 견해차로 그만두고, 빅터 골란츠 출판사를 설립했다. 이 출판사는 곧 영국에서 평화주의와 사회민주주의를 지지하고 나치즘과 반유대주의를 비판하는 주요 창구가 되었다. 1936년에는 레프트 북 클럽(Left Book Club)을 창립해 현실 참여적인 서적을 다수 출판했다. 전후에는 영국이 독일인들에게 가한 가혹한 대우, 특히 독일인들을 무자비하게 추방하는 정책을 규탄했고, 핵무기와 사형제도에 반대하는 활동도 펼쳤다.

괴링, 헤르만(Hermann Göring, 1893-1946). 이차대전 당시 독일의 공군 통수권자. 게슈타포를 창설하고 최초의 강제수용소 설립에 관여했으며 1941년에는 유대인 학살을 명령하는 등 중대한 범죄를 저질렀다. 뉘른베르크 전범재판에 회부되어 사형을 선고받았으나 자살로 형 집행을 면했다.

괴테, 요한 볼프강 폰(Johann Wolfgang von Goethe, 1749-1832). 독일의 대문호로 일컬어지는 작가, 사상가, 자연연구가. 바이마르 공국의 재상을 지냈다. 질풍노도 문학운동을 일으켰으며, 바이마르 고전주의를 완성했다는 평가를 받는다. 주요 작품으로는 『젊은 베르터의 고뇌*Leiden des jungen Werthers*』(1774), 『빌헬름 마이스터의 수업시대*Wilhelm Meisters Lehrjahre*』(1795/6), 『친화력*Die Wahlverwandtschaften*』(1809), 『서동시집*West-östlicher Divan*』(1819), 『파우스트*Faust*』(1832) 등이 있다.

노사크, 한스 에리히(Hans Erich Nossack, 1901-1977). 독일의 작가. 함부르크의 부유한 무역상의 아들로 태어났다. 함부르크에서 미술사와 문학을, 예나에서 법학과 경제학을 공부했다. 1922년 공산당에 잠시 몸담으며 아버지의 경제적 도움을 포기했고, 학업을 완전히 마치지 못한 채 은행에서 일하며 틈틈이 작품을 썼다. 1930년 독일 공산당에 다시 가입한 뒤 1933년 몸을 숨기고자 부친의 무역회사를 이어받았다. 공산당에 입당했다는 이유로 가택수색을 당하기도 했으며, 1943년 함부르크 공습 당시 일기와 수고를 소실하는 아픔을 겪기도 했다. 그는 독일어권 작가 중 거의 처음으로 함부르크 공습을 다룬 단편 「몰락Der Untergang」(1948)을 발표했다. 대표작으로 단편집 『죽음과의 인터뷰Interview mit dem Tode』(1948), 『늦어도 11월에는Spätestens im November』(1955), 『유사 자전적 주해Pseudoautobiographische Glossen』(1971) 등이 있다.

되블린, 알프레트(Alfred Döblin, 1878-1957). 독일의 작가. 사회주의 경향을 띤 작품을 발표하며 성공을 거두었다. 1933년 나치스의 사회주의 탄압을 피해 취리히와 파리로 망명했다가, 프랑스가 나치스의 손에 넘어가자 미국으로 망명을 떠났다. 미국에서 정신적·경제적으로 힘든 망명생활을 끝내고 1945년 독일에 귀국한다. 대표작으로 소설 『베를린 알렉산더 광장Berlin Alexanderplatz』(1929)이 있다.

라이히라니츠키, 마르셀(Marcel Reich-Ranicki, 1920-). 독일의 문학비평가. 대중적으로 가장 영향력 있는 비평가로, '문학계의 교황'이라고 불리기도 한다. 유대계 독일인-폴란드인 가정에서 태어나 1940년에 바르샤바 게토로 끌려갔다. 1943년 자신의 아

내와 극적으로 탈출하여 전쟁이 끝날 때까지 열여섯 달 동안 어
느 가정집에 숨어 살았다. 그때 그가 그렇게 은신할 수 있었던
이유는 자신이 암기하고 있는 독일 및 유럽의 유명한 문학작품
들을 들려주어 사람들의 호감을 샀기 때문이라고 한다. 그 대가
로 그는 전쟁 말엽에 폴란드 공산당 첩보부에 복무했는데, 종전
후 1957년에 해고되었다. 이후 문학평론가로 활동, 1973년에
『프랑크푸르터 알게마이네 차이퉁*Frankfurter Allgemeine
Zeitung*』의 문예부 편집장을 맡았다. 그를 대중적으로 유명하
게 만든 매체는 독일 제2공영방송의 프로그램 〈문학 사중주
Das Literarische Quartett〉였다.

랑, 프리츠(Fritz Lang, 1890-1976). 독일의 영화감독. 독일 표현주
의 영화의 거장으로 손꼽히며, 시나리오 작가와 배우로도 활동
했다. 빈에서 건축과 미술을 공부했고, 1910년 영화계에 입문했
다. 당시 독일 최대 영화사인 우파(Ufa)에서 20세기 초반 세계
영화계를 선도하던 독일의 영화산업과 기술을 총동원하여 〈메
트로폴리스Metropolis〉(1927)를 만들었다. 그러나 흥행에는 실
패했다. 나치스가 집권한 뒤 국민계몽선전부 장관 괴벨스가 그
에게 독일 영화계를 맡기려고 했으나, 그는 이 제안을 거절하고
1939년 미국으로 망명하여 할리우드에서 영향력 있는 영화감
독으로 활동을 이어간다. 주요 작품으로는 〈도박사 마부제 박사
Dr. Mabuse. der Spieler〉(1922), 〈엠M〉(1931) 등이 있다.

레디히, 게르트(Gert Ledig, 1921-1999). 독일의 작가. 이차대전중
자원입대했고, 종전 후 독일 공산당에 가입했다. 여러 직업을 전

전하다가 1953년에 전업 작가가 되기로 결심했다. 첫 소설 『스탈린 오르간*Die Stalinorgel*』(1955)으로 독일에서 호의적인 반응을 얻었고, 47그룹의 초대를 받았다. 그러나 그는 이 초대를 거절했다. 이듬해에 발표한 두번째 소설 『보복*Vergeltung*』은 극단적인 전쟁 묘사로 1950년대 보수적인 독일 사회에서 받아들여지지 않았고, 작가도 점차 잊히게 되었다.

레크, 프리드리히(Friedrich Reck, 1884-1945). 독일의 의사, 작가. 의학을 공부한 뒤 선상 의사로 아메리카 전역을 여행했다. 주로 통속성이 강한 소설들을 발표했다. 나치스 정권을 비판했다는 죄목으로 1944년 게슈타포에 체포되었으나 증거 불충분으로 곧 석방되었다. 그러나 그가 정권을 비판한 증거가 다시 발견됨에 따라 1945년 체포되었고 그해 다하우 수용소에서 사망했다. 제3제국을 생생하게 기록한 『어느 절망한 자의 일기*Tagebuch eines Verzweifelten*』(1947)를 남겼다.

로젠베르크, 알프레트(Alfred Rosenberg, 1893-1946). 독일의 정치가, 사상가. 바이마르공화국과 제3제국 시대에 활동했던, 나치스의 주요 인물이다. 에스토니아의 수도 탈린에서 출생해, 러시아혁명 이후 독일로 이주했다. 수많은 인종주의 저서를 통해 반유대주의를 퍼뜨리는 데 앞장섰으며, 대표 저서로 『20세기의 신화*Mythus des XX. Jahrhunderts*』(1934)가 있다. 이차대전 중 점령지의 문화유산을 약탈하는 작전을 주도했고, 동유럽 점령지에서 독일화정책을 추진하는 한편, 유대인 학살정책을 실시했다. 전후 뉘른베르크 전범재판에서 사형선고를 받았다.

리히터, 한스 베르너(Hans Werner Richter, 1908-1993). 독일의 작가. 나치스 정권 치하에서 사회주의자로서 지하활동을 펼쳤다. 전쟁 직후 반파시즘을 기치로 내세운 잡지 『루프*Ruf*』를 창간했다. 이 잡지를 중심으로 전후문학의 중요한 단체 47그룹이 형성되었다. 리히터는 이 그룹의 수장격인 인물로, 47그룹에 가입하려면 그의 초대가 형식적으로 있어야 했다고 할 만큼 그 영향력이 컸다.

만, 토마스(Thomas Mann, 1875-1955). 독일의 작가. 뤼베크의 부유한 상인이자 평의원의 아들로 태어났다. 20세기 가장 위대한 독일어권 작가라는 평을 받는 인물이다. 소설 『부덴브로크가의 사람들*Buddenbrooks*』(1901)로 노벨문학상을 수상했다. 일차대전 당시에는 전쟁을 옹호하는 등 정치적으로 보수주의적 입장이었으나, 나치스의 집권 이후 정치적으로 각성한 뒤, 나치즘을 비판했다. 히틀러를 비판했다는 이유로 독일 국내에서 안전을 보장받지 못하자 스위스로 망명한 뒤, 1938년에 미국으로 이주한다. 토마스 만은 "내가 있는 곳이 곧 독일이다"라고 할 정도로 괴테의 인문주의 전통을 잇는 독일문화의 '적자'로서, 지대한 문화적 영향력을 행사했다. 이러한 자신의 위치를 이용해, 1940년부터 히틀러 정권의 만행을 비판하고 독일 국민에게 그 위험성을 경고하는 호소문을 BBC 라디오 방송을 통해 전달했다. 미국 망명생활중 나치스 정권의 광기의 기원을 탐구하고 비판하는 장편소설 『파우스트 박사*Doktor Faustus*』를 집필해 1947년에 발표했다.

멘델스존, 페터 드(Peter de Mendelssohn, 1908-1982). 독일 출신의 영국 작가, 언론인. 1929년부터 베를린에서 집필 활동을 시작했지만, 1933년 유대인으로서 위협을 느껴 빈으로 망명했다. 1936년에 런던에서 영국 국적을 취득하고 이차대전 기간 동안 영국 공무원으로 일했다. 1930년대부터 역사적이고 정치적인 소재를 다룬 소설과 에세이를 영어와 독일어로 발표했다. 전후에는 영국이 점령한 독일 지역에서 민주적인 언론을 재건하는 데 중요한 역할을 맡아 『데어 타게스슈피겔*Der Tagesspiegel*』, 『디 벨트*Die Welt*』 창간에 관여했다. 1970년 고향 뮌헨으로 이주했고, 사후에 『대성당*Die Kathedrale*』(1983)이 출간되었다.

몬다도리, 아르놀도(Arnoldo Mondadori, 1889-1972). 이탈리아의 출판인. 이탈리아의 최대 출판사인 아르놀도 몬다도리 출판사(Arnoldo Mondadori Editore)를 창립했다.

몬테베르디, 클라우디오(Claudio Monteverdi, 1567-1643). 이탈리아의 작곡가, 바이올리니스트. 르네상스에서 바로크 시대로의 전환기에 활동했으며, 기존의 극음악 기법을 통합하여 오페라라는 새로운 악곡 형식을 개발했고, 열여덟 작품이 넘는 오페라를 작곡했다.

몰로, 발터 폰(Walter von Molo, 1880–1958). 독일의 작가. 체코에서 태어나 빈에서 유년 시절을 보냈고, 일차대전 발발 직전에 베를린으로 이주했다. 전쟁중 프리드리히 실러, 프리드리히대왕, 오이겐 왕자의 전기를 발표해 대중적으로 큰 인기를 얻었다. 그는 독일 민족주의적 성향이 강한 작품들을 집필하고 나치스 집권 이후 정권에 충성을 서약한 이후 어떠한 저항도 하지 않았지만, 반유대주의에는 반대했다. 이 때문에 프로이센 예술원에서 제명당했고, 작품의 상연과 출판이 금지되는 등 정치적·문화적 입지를 위협받았다. 그러나 끝내 망명하지 않았다. 이차대전 후 제3제국 시절에 망명을 가지 않고 독일에 남아 있었던 사람들을 '내적 망명자'로 규정했다. 그는 또 망명 작가들에게 독일로 돌아올 것을 촉구하는 한편, 망명 작가들과 망명 문학 평가에 대한 문제를 논쟁적으로 제기했다. 당시 그는 독일 망명 작가들이 독일의 미래에 의견을 표명할 권리가 없다고 주장해 논란을 일으켰다.

미처리히, 마가레테(Margarete Mitscherlich, 1917-). 독일의 정신분석학자, 의사, 작가. 1950년 튀빙겐에서 의학 박사 학위를 취득했고, 1955년 동료 정신분석학자 알렉산더 미처리히와 결혼했다. 미처리히는 남편과 함께 제3제국의 집단 광기를 연구했으며 1967년 그 결과를 논쟁적 저서 『애도할 줄 모르는 무능함 *Die Unfähigkeit zu trauern*』으로 발표한다. 프랑크푸르트의 '지크문트 프로이트 연구소'에서 일했고 1982년부터 정신의학 연구지 『프쉬케*Psyche*』를 편집했으며, 페미니즘 저술가로도 활발하게 활동했다.

미처리히, 알렉산더 하르보르트(Alexander Harbord Mitscherlich, 1908-1982). 독일의 정신분석학자, 의사, 작가. 1935년 스위스로 망명하여 의학 공부를 시작한 뒤 다시 독일로 돌아와 1941년

하이델베르크 대학에서 의학 박사 학위를 취득하고 신경정신과에서 근무했다. 1946년 연합군으로부터 뉘른베르크 전범재판을 관찰하되 전범 의사들의 집단 책임을 무마하는 보고서를 작성하라는 임무를 요구받는다. 그러나 그는 전범 의사들의 책임을 숨기지 않고 기술한 보고서를 제출했고, 이 보고서는 『인간 멸시의 독재 *Das Diktat der Menschenverachtung*』(1947)라는 제목으로 출간됐지만 곧 잊혔다. 1947년부터 『프쉬케』 편집을 맡았고, 1949년에는 하이델베르크 대학에 심신의학과를 설립했으며, 1960년부터 1976년까지 자신이 설립한 '지크문트 프로이트 연구소'의 소장으로 일했다. 1969년에 독일 서적상의 평화상을 수상하기도 했다. 그는 보고서 제출 이후 의학계에서 배제되어 의과대학에서는 끝내 임용되지 않았고 1973년에서야 프랑크푸르트 대학의 철학 교수가 된다. 이런 경험을 바탕으로 그는 자신의 부인 마가레테 미처리히와 공동으로 집필한 『애도할 줄 모르는 무능함』(1967)을 발표했다.

미하엘리스, 롤프(Rolf Michaelis, 1933-). 독일의 문학비평가. 『프랑크푸르터 알게마이네 차이퉁』과 『디 차이트 *Die Zeit*』의 문예란 편집자로 활동했다.

바사니, 조르조(Giorgio Bassani, 1916-2000). 이탈리아의 유대계 작가. 데뷔작 『들판 위의 도시』에서 무솔리니의 인종법을 비판했고, 무솔리니 치하에서 반파시즘 지하 활동가로 투쟁했다. 이차대전 이후 이탈리아 문화계의 주요 인사로 활약하면서 동성애를 소재로 한 작품들을 발표했다. 대표작은 페라라 지역을 배

경으로 파시스트 정권하에서 몰락하는 상류계급 유대인 가족
을 그린 자전소설 『핀치콘티니가의 정원』(1962)이다. 이 작품
은 이탈리아의 권위 있는 비아레지오 문학상 수상했으며, 비토
리오 데 시카 감독에 의해 영화화되기도 했다.

베셀리, 파울라(Paula Wessely, 1907-2000). 오스트리아의 배우.
1920년대에 오스트리아와 체코에서 배우생활을 시작했고,
1932년 극작가 게르하르트 하우프트만의 연극 〈로제 베른트
Rose Bernd〉의 주인공을 맡아 베를린에서 엄청난 성공을 거두
었다. 1934년부터 영화계에서도 큰 인기를 얻는다. 제3제국 시
대에 가장 몸값이 높은 여배우로 여러 프로파간다 영화에 출연
했다. 특히 구스타프 우치키 감독의 영화 〈귀향Heimkehr〉
(1941)에서 폴란드인들에게 박해받은 독일 여성 역할을 맡아
당시 이상적인 여성상을 연기함으로써 나치스의 최고 여배우
로 자리매김한다. 그러나 이차대전이 끝난 뒤에는 활동 시기가
문제가 되어 거센 비판을 받았다.

벤야민, 발터(Walter Benjamin, 1892-1940). 독일의 유대계 언어철
학자, 문예비평가, 번역가. 독일에 동화된 부유한 유대인 가문
에서 태어나 베를린에서 유년시절을 보냈다. 유물론적 사유와
유대 신학적 사유, 계몽적 사유와 신비주의 사이의 미묘한 긴장
을 유지하면서 아방가르드적 실험정신에 바탕을 둔 글쓰기를
통해, 현대의 변화된 조건 속에서 지식인의 역할에 대해 성찰하
고 정치적 영향력을 행사하고자 했다. 1933년 나치스가 집권하
자 파리로 망명했고, 정치적으로나 재정적으로 어려운 상황 속

에서 19세기 파리의 자본주의 역사를 탐구하는 방대한 작업에 착수했다. 1939년 수용소에 석 달간 억류당한 뒤 미국으로 망명하기로 결심하고, 1940년 당시 뉴욕에서 사회연구소를 이끌던 아도르노와 호르크하이머의 지원을 받아 프랑스를 탈출하던 중 스페인 국경 통과가 좌절되자 자결한다. 그가 남긴 최후의 글은 스탈린과 히틀러의 밀약을 접한 충격에서 쓴 유물론적 역사철학의 결정체 「역사의 개념에 대하여Über den Begriff der Geschichte」(1940)이다.

벨, 조지 케네디 앨런(George Kennedy Allen Bell, 1883-1958). 영국 국교회 주교. 세계교회주의(Ecumenism)의 지도자로서 평화를 위해 적극적으로 현실 정치에 관여해야 한다는 입장을 피력했다. 이차대전 당시 처칠 수상의 독일을 향한 지역폭격 전략에 반대했고 독일 내 나치스 저항운동을 지원했다.

볼프, 프리드리히(Friedrich Wolf, 1888-1953). 독일의 유대계 작가, 의사. 나치스가 정권을 장악하자 모스크바로 망명했다. 독일 패망 이후 동독으로 귀환하여 동독의 문화적 재건에 있어 중요한 역할을 맡았다. 그의 대표작『맘로크 교수Professor Mamlock』(1933)는 히틀러가 권력을 장악할 시 독일 일반 시민이 우생학적이고 반유대주의적인 편견에 사로잡히게 될 것이라는 경고가 담긴 희곡이다.

뵐, 하인리히(Heinrich Böll, 1917-1985). 독일의 작가. 전후 독일의 참상과 현대사회 문제를 탐구했다. 알프레트 안더쉬의 제안으로 1951년 47그룹에 가입해 두각을 나타내기 시작했고, 전후 독일 문단을 대표하는 작가가 된다. 주요 작품으로는 『아담, 너는 어디에 있었느냐?*Wo warst du, Adam?*』(1951), 『그리고 아무 말도 하지 않았다*Und sagte kein einziges Wort*』(1953), 『카타리나 블룸의 잃어버린 명예*Die verlorene Ehre der Katharina Blum*』(1974), 사후에 발표된 『천사는 침묵했다 *Der Engel schwieg*』(1992) 등이 있다. 1972년 노벨문학상을 수상했다.

뷔토르, 미셸(Michel Marie Francois Butor, 1926-). 프랑스의 작가. 누보로망의 기수로 활약했다. 그러나 60년대에 누보로망과 결별하고 실험적인 작품들을 다수 발표했다.

비어만, 볼프(Wolf Biermann, 1936-). 독일의 시인, 작곡가, 가수. 독일의 대표적인 참여 시인으로 함부르크에서 태어났다. 아버지는 유대계 독일인으로 나치스 정권에 대항해 저항운동을 하다가 수용소에서 살해당했으며, 그 자신도 1943년 함부르크 공습 당시 큰 피해를 입었으나 어머니가 자신을 데리고 운하로 뛰어들어 살아남았다. 1953년 베를린으로 이주한 뒤 훔볼트 대학에서 정치경제학, 철학, 수학을 공부했고, 1960년부터 시와 노래를 쓰기 시작했다. 1962년 동독예술원이 주최한 '서정시의 밤'에 출연해 동독 체제를 비판하는 노래를 불러 출연금지 및 사회주의통일당(SED) 제명 조치를 당했고, 1965년부터 가택 연금되었다. 1976년 서독의 초청으로 공연한 무대에서 동독을 비판한 것이 문제되어 동독 시민권을 박탈당했다. 당국의 조치에 반발한 독일 내 수많은 예술가와 작가가 구명운동을 펼쳤지만 탄압은 오히려 더 심해졌다. 이를 계기로 적지 않은 예술가들이 서독으로 망명을 결심했고, 동독은 정치적·문화적 정당성에 심각한 손상을 입었다. 비어만은 서독으로 추방된 뒤에도 서독과 동독 체제 모두를 비판하는 작품을 꾸준히 발표했다. 1969년에 폰타네 문학상, 1973년, 1975년, 1979년에 독일음반상, 1989년에 프리드리히 횔덜린 문학상, 1991년에 게오르크 뷔히너 문학상, 1993년에 하인리히 하이네 문학상, 2008년에 레싱 문학상 등을 수상했다.

비트머, 우르스(Urs Widmer, 1938-). 스위스의 작가, 번역가. 1966년 바젤 대학에서 독일 전후문학을 연구한 논문 『1945년 또는 '새로운 언어' *1945 oder die 'neue Sprache'*』로 박사 학위를 취득한 뒤, 출판사 편집자, 평론가, 대학 강사로 일하기도 했다. 소설 『알로이스*Alois*』(1968)로 문단에 데뷔한 이래, 사회 비판적이고 정치적인 작품을 다수 발표했다.

샤토브리앙, 프랑수아르네 드(François-René de Chateaubriand, 1768-1848). 프랑스의 정치가, 작가. 가톨릭 왕당파의 일원으로 프랑스혁명 당시 반혁명군으로 참여했던 그는 영국으로 망명을 떠났다가 혁명이 가라앉자 귀국했다. 『아탈라*Atala*』(1801), 『기독교의 정수*Génie du christianisme*』(1802) 등으로 프랑스 낭만주의 문학의 시작을 알린 선구자이기도 했다. 왕정복고 시대에는 외무부장관 등 주요 요직을 두루 거쳤다. 대표작으로는 집필 기간만 삼십여 년에 이르는 『무덤 저편의 추억*Mémoires* *d'Outre-Tombe*』(1850) 등이 있다.

셰퍼, 한스 디터(Hans Dieter Schäfer, 1939-). 독일의 작가, 독문
학자. 오스트리아 빈과 독일 킬에서 독일문학과 역사학을 전공
했다. 1974년부터 2004년까지 레겐스부르크 대학에서 현대독
문학을 가르쳤다. 저서로는 「1930년대부터 독일문학의 시대 구
분Zur Periodisierung der deutschen Literatur seit 1930」
(1970), 『분열된 의식. 1933년에서 1945년까지의 독일문화와
현실생활*Das gespaltene Bewußtsein. Über deutsche Kultur
und Lebenswirklichkeit 1933-1945*』(1981), 『베를린에 관한
나의 소설*Mein Roman über Berlin*』(1990), 『이차대전 시기
의 베를린*Berlin im zweiten Weltkrieg*』(1991) 등이 있다.

슈미트, 아르노 오토(Arno Otto Schmidt, 1914-1979). 독일의 작가,
번역가. 1949년에 등단해 제임스 조이스와 지크문트 프로이트
로부터 영향받은 전위적인 서술기법으로 큰 주목을 받았다. 대
표작으로 『목양신의 생애에서*Aus dem Leben eines Fauns*』
(1953), 1973년 괴테 상을 수상한 『체텔의 꿈*Zettel's Traum*』
(1970) 등이 있다. 에드거 앨런 포를 비롯해 많은 영미권 작가
의 작품을 독일어로 번역했다. 반민주주의적인 정치관으로 비
평가들에게 비판받은 인물이기도 하다.

슈타우펜베르크, 클라우스 폰(Claus von Stauffenberg, 1907-1944).
독일의 군인. 프로이센 명문가 귀족 출신으로, 북아프리카 전선
에서 육군참모, 베를린 육군본부에서 예비군 참모를 거쳐 대령

으로 진급했다. 유대인 학살 등 나치스의 잔혹한 만행을 목도하면서 루트비히 베크를 중심으로 한 반히틀러 비밀조직에 가담했다. 1944년에 7월 20일 히틀러 암살 계획을 실행에 옮겨 나치스 정부를 전복하려 했으나 실패로 돌아갔고, 체포되어 총살당했다. 그의 인생은 여러 차례 영화화되었다.

슈튈프나겔, 카를하인리히 폰(Carl-Heinrich von Stülpnagel, 1886-1944). 독일의 군인. 이차대전 당시 보병 장군을 지냈다. 1944년 7월 20일 히틀러 암살계획에 가담했으나 실패해 처형되었다.

슈페어, 베르톨트 콘라트 헤르만 알베르트(Berthold Konrad Hermann Albert Speer, 1905-1981). 독일의 건축가. 제3제국 시절 건축 분야에서 지도적인 역할을 담당했다. 1931년 나치스에 가입한 슈페어는 히틀러의 총애를 받아 중요한 국책사업을 도맡아 성공시켰다. 1936년 베를린 올림픽 주경기장을 설계했으며 히틀러 수상 관저 건축을 주도했다. 1937년에는 제국 수도 건축 감독관으로 임명되었다. 1942년부터 군수장관을 맡아 종전까지 전시경제를 책임졌다. 뉘른베르크 전범재판에 회부되어 징역 이십 년형을 선고받았다. 그는 전범재판에 회부된 나치스 고위 간부 중 한스 프랑크와 함께 유일하게 자신의 죄를 인정한 사람이었다. 체포된 뒤 출간한 그의 회고록은 제3제국 연구가들에게 중요한 자료가 되었다.

스캐리, 일레인(Elaine Scarry, 1946-). 미국의 영문학자. 하버드 대학 영미문학 교수로, 주요 저서로 『고통받는 신체 *The Body in*

Pain』(1985) 등이 있다.

안더쉬, 알프레트(Alfred Andersch, 1914-1980). 독일의 작가. 뮌
헨에서 태어났다. 김나지움 중퇴 후 서적상 경영을 배우면서 작
가의 꿈을 키웠다. 1931년부터 공산당 청년연맹에서 활동하다
가 정권에 체포되어 강제수용소에 수감된 이력이 있다. 군 복무
중이던 1943년 이탈리아 전선에 투입되자 탈영한 뒤 연합군의
포로가 되어 미국으로 이송되었다. 종전 후 독일로 돌아와 십
년 동안 잡지 『루프*Ruf*』, 『텍스테 운트 차이헨*Texte &
Zeichen*』 편집인, 방송인, 출판인으로 문단에 커다란 영향력을
행사했으나, 1957년 스위스로 이주한 뒤 자발적 고립의 상태에
서 창작에 전념했다. 소설 『자유의 버찌*Die Kirschen der Freiheit.
Ein Bericht*』(1952), 『잔지바르 또는 마지막 이유*Sansibar
oder der letzte Grund*』(1957), 『빨강머리 여인*Die Rote*』
(1960), 『반그림자의 연인*Ein Liebhaber des Halbschattens.
Drei Erzählungen*』(1963), 『에프라임*Efraim*』(1967), 『빈터슈
펠트*Winterspelt*』(1974), 『프로비던스에서의 나의 소멸*Mein
Verschwinden in Providence*』(1971) 등을 출간했고, 수많은
시와 에세이 및 여행기를 발표했다.

알렉산더, 클루게(Alexander Kluge, 1932-). 독일의 작가, 영화감
독, 방송 제작자. 전후 독일을 대표하는 비판적 지식인으로, 현
대 독일의 문화, 사회, 정치 전반에서 활발하게 활약하고 있다.
1945년 할버슈타트 공습의 피해 당사자로, 이때의 경험을 녹여
낸 작품이 바로 『신역사. 제1-18부 '시대의 섬뜩함' *Neue Geschichten.*

Hefte 1-18 'Unheimlichkeit der Zeit'』(1977)이다. 사법시험에 통과한 1958년 변호사생활을 시작했고, 이후 프랑크푸르트 사회연구소의 법률 고문으로 일했다. 테어도어 아도르노를 통해 프리츠 랑을 만나 영화계에 입문했다. 뉴저먼 시네마의 기틀을 마련했으며, 〈어제와의 이별Abschied von Gestern〉(1966)로 베니스 영화제 은사자상을, 〈서커스단의 예술가들Die Artisten in der Zirkuskuppel: ratlos〉(1967)로 베니스 영화제 황금사자상을 수상했다. 1987년에는 텔레비전 방송 제작사 dctp를 설립해 교양 프로그램을 제작해오고 있다. 2003년에는 게오르크 뷔히너 상을 수상하였다. 저서로 『이력서들*Lebensläufe*』(1962), 『역사와 고집*Geschichte und Eigensinn*』(1981), 『테오도어 폰타네, 하인리히 폰 클라이스트, 아나 빌데―시대의 문법에 대하여 *Theodor Fontane, Heinrich von Kleist, Anna Wilde - Zur Grammatik der Zeit*』(1987) 등이 있다.

알텐베르크, 페터(Peter Altenberg, 1859-1919). 오스트리아의 작가. 부유한 유대인 상인의 아들로 태어났으며, 보헤미안적 삶을 사는 작가로 유명했다. 빈 현대파(Wiener Moderne)로 분류되는 인상주의적인 작품을 다수 남겼다. 주요 저서로 『내가 보는 대로*Wie ich es sehe*』(1896), 『하찮은 인생의 그림책*Bilderbögen des kleinen Lebens*』(1909) 등이 있다.

엔첸스베르거, 한스 마그누스(Hans Magnus Enzensberger, 1929-). 독일의 작가. 한국에는 주로 아동도서 작가로 잘 알려져 있지만, 독일 사회에서는 현실 참여적 작가로 명망이 높다. 프랑크

푸르트 학파의 대중매체 비판정신을 이어받아 해방적인 대중
매체 이용을 주장했다. 저서로 『늑대들의 변명 *Verteidigung der
Wölfe*』(1957), 『국가의 말 *Landessprache*』(1960), 『세부사항들
Einzelheiten』(1962), 『정치와 범죄 *Politik und Verbrechen*』
(1964), 『폐허가 된 유럽 *Europa in Trümmern*』(1990) 등이 있다.

오에 겐자부로(大江健三郞, 1935-). 일본의 작가. 일본의 전후문학을
대표하는 인물로, 전후 일본의 민주주의, 평화주의, 인권 문제
를 다룬 작품들로 주목받았다. 특히 1963년부터 히로시마를 여
러 차례 방문해서 취재한 보고서 『히로시마 노트 ヒロシマ ノ-
ト』(1964)가 조명받았다. 사르트르 문학에 영향을 받아 집필한
『사육 飼育』으로 1958년 아쿠타가와 상을 받았고, 1994년에는
『만엔원년의 풋볼 萬延元年のフットボ-ル』(1967)로 노벨문학
상을 수상했다.

윙거, 에른스트(Ernst Jünger, 1895-1998). 독일의 작가, 사상가. 주
로 반민주주의적이며 엘리트주의적인 사상을 고취시키고자 했
다. 특히 이런 특징이 강한 초기 저작들은 나치즘에 지적 토대
를 마련해주었다는 비판을 받았다. 그의 저작에는 '전사'로 상
징되는 남성성과 힘의 찬미가 엿보인다. 그러나 1930년대 초에
는 대중에 기반을 둔 나치스의 전체주의와 거리를 두고자 했다.
전쟁일지 『강철의 뇌우 속에서 *In Stahlgewittern*』(1920), 에세
이 『노동자. 지배와 형상 *Der Arbeiter. Herrschaft und Gestalt*』
(1933) 등이 유명하다.

저커먼, 솔리(Solly Zuckerman, 1904-1993). 영국의 정부고문, 해부학자, 동물학자. 이차대전 당시 공습이 미치는 영향에 대한 정부조사를 맡아 진행했다. 그는 이차대전에서 경험을 되새기며 핵무기 경쟁을 반대했다.

젤리히, 카를(Karl Seelig, 1894-1962). 스위스의 작가. 아인슈타인 전기 작가로 유명하다. 로베르트 발저의 친구이자 후견인으로 1936년부터 1955년까지 쉰 번 넘게 함께 도보여행을 했으며 그 체험을 바탕으로 『로베르트 발저와 함께한 도보여행 *Wanderungen mit Robert Walser*』이라는 책을 펴냈다.

지버베르크, 한스위르겐(Hans-Jürgen Syberberg, 1935-). 독일의 영화 감독. 뉴저먼 시네마를 대표하는 인물 중 한 사람이다. 1971년 영화 〈산 도밍고San Domingo〉로 그해 독일 영화제에서 최우수 촬영상과 최우수 영화음악상을 수상했다. 지버베르크의 영화는 18세기 계몽주의와 19세기 신비주의가 혼합된 양상을 보여준다. 나치즘을 무해한 것인 양 다루었다는 비판을 받으며 논쟁에 휩싸였다.

카네티, 엘리아스(Elias Canetti, 1905-1994). 불가리아 태생의 스페인계 유대인 작가. 평생 독일어로 작품을 썼다. 1938년 영국으로 망명한 뒤 가난과 무명의 서러움을 겪었으며, 1952년에 영국 시민권을 취득했다. 말년은 취리히에서 보냈다. 대표작으로는 소설 『현혹*Die Blendung*』(1935)과 파시즘에 관한 보고서 『군중과 권력*Masse und Macht*』(1960) 등이 있으며, 1981년에 노벨문학상을 수상했다.

카자크, 헤르만(Herman Kasack, 1896-1966). 독일의 작가. 독일 라디오 문학방송을 개척한 선구적 인물로, 헤르만 빌헬름과 헤르만 메르텐이라는 필명으로 방송극도 발표했다. 이차대전 시기에 독일 피셔 출판사와 주어캄프 출판사의 관리자 역할을 맡아 이끌었으며, 1953년부터 1963년까지 '독일 언어와 문학 학술 협회' 회장을 역임했다. 대표작으로 1949년 폰타네 상을 수상한 『강물 저편의 도시*Die Stadt hinter dem Strom*』 등이 있다.

케스트너, 에리히(Erich Kastner, 1899-1974). 독일의 작가. 바이마르공화국 시기에 특히 활발하게 활동했고, 동화 작가로 널리 알려져 있으나 정치 풍자극도 다수 집필했다. 그는 제3제국 시절 숱한 정치적 탄압을 받았으나 망명을 떠나지 않았다. 대표작으로 『에밀과 탐정들*Emil und die Detektive*』(1929), 『파비안 *Fabian*』(1931) 등이 있다.

코널리, 시릴(Cyril Connolly, 1903-1974). 영국의 문학평론가이자 작가. 1940년 문예지 『호라이즌*Horizon*』을 창간하고 1950년까지 잡지 편집자로 일했다.

클렘페러, 빅토어(Victor Klemperer, 1881-1960). 독일의 문헌학자, 작가. 유대인이었던 그는 독일 사회에 동화되고자 1912년 기독교로 개종하고 일차대전 발발 당시에는 자원입대를 하는 등 여러 노력을 기울였다. 1920년에는 드레스덴 대학의 로망스어 문헌학 교수로 임명되었다. 그러나 1933년 나치스 정권이 들어서면서 모든 노력이 수포로 돌아가, 대학에서 해고되고 출판금지를 당했다. 그때부터 그는 일기에 나치스 정권하에서 유대계 지식인 삶과 당시의 시대적 분위기를 상세하게 묘사했다. 이 기록은 1995년에 『나는 마지막까지 증언하겠다. 1933년부터 1945년까지의 일기*Ich will Zeugnis ablegen bis zum lezten. Tagebücher 1933-1945*』라는 제목으로 출판되어 큰 주목을 받았고, 제3제국을 연구하는 데 있어서 중요한 역사적 자료가 되었다. 1945년 드레스덴 공습을 겪었고, 이차대전 후에는 동독에 남는 편을 선택했다. 주요 저서로 나치스 시대의 언어를 연구한 『제3제국의 언어. 어느 문헌학자의 메모*LTI. Notizbuch eines Philologen*』(1947) 등이 있다.

키젤, 오토 에리히(Otto Erich Kiesel, 1880-1956). 독일의 언론인, 작가. 함부르크 지역 언론에서 주로 일했으며, 이차대전 후 울리히 핑스트(Ulrich Pfingst)라는 필명으로 작품 활동을 시작했다. 이차대전 말의 함부르크를 다룬 소설 『불굴의 도시*Die unverzagte Stadt*』(1950) 등을 남겼다.

테세노프, 하인리히(Heinrich Tessenow, 1876-1950). 독일의 건축가. 역사적 절충주의에 반대하고 기하학적인 기본 형태에 기반을 둔 합리적 건축양식을 주장한 독일 개혁건축의 대표자이다. 뮌헨 공대에서 건축학을 공부했고, 1920년부터 1926년까지 드레스덴 예술원 교수, 1926년부터 1941년까지 베를린 공대 교수를 지냈다. 제3제국 시대의 지도적 건축가 알베르트 슈페어가 그의 제자이다.

티스, 프랑크(Frank Thiess, 1890-1977). 독일의 작가, 비평가. 일차
대전 후에 잠시 연극배우로 활동했으며, 1921년부터는 연극 비
평가로 활동했다. 그는 망명 작가의 대표자 토마스 만과 논쟁적
으로 대결하는 상황에서 자신을 '내적 망명자'의 대표자로 규
정했다. 그 근거로 자신의 소설 세 편이 제3제국 시절에 금지되
었다는 사실을 들었다. 대표작으로 『저주받은 사람들*Die
Verdammten*』(1922), 『츠시마해전*Tsushima. Der Roman
eines Seekrieges*』(1936) 등이 있다.

파올리, 필리포 안토니오 파스콸레 디(Filippo Antonio Pasquale di
Paoli, 1725-1807). 코르시카의 정치가. 오늘날 코르시카 섬에서
'국부'로 추앙받는 혁명가로, 이탈리아에 대항하여 코르시카
섬의 독립을 위해 투쟁하고 코르시카에 민주 헌법을 정초했다.

페루츠, 막스 F.(Max F. Perutz, 1914-2002). 오스트리아 출신의 영
국 분자생물학자. 빈 대학에서 화학을 공부하던 중 유기생화학
에 특별한 흥미를 느낀 그는 영국으로 건너가 1936년 케임브리
지 대학 캐번디시 연구소에서 결정학을 연구하고 피터하우스
칼리지에서 헤모글로빈 연구로 박사 학위를 받았다. 이차대전
이 발발하자 영국에 있던 다른 독일·오스트리아인들과 함께
포로수용소에 갇혔다가 동료들의 도움으로 석방되었고, 전쟁
이 끝날 때까지 '하박국 프로젝트'에 가담해 얼음 항공모함을
제작하는 임무를 수행했다. 1962년에는 헤모글로빈의 구조를

밝힌 공로로 존 켄드루(John Cowdery Kendrew)와 함께 노벨화학상을 공동 수상했다.

프리드리히, 외르크(Jörg Friedrich, 1944-). 독일의 정치 기자, 역사 작가. 제3제국과 이차대전 및 전후 나치스 청산 문제를 주로 다루었다. 『전쟁의 법칙 *Das Gesetz des Krieges*』(1993)으로 이차대전중 소비에트연방에서 있었던 유대인 학살에 대한 독일군의 책임 문제를 제기했고, 2002년에는 책 『화재 *Der Brand*』로 연합군에게 독일 공습의 도덕적 책임을 물어 논쟁을 일으켰다. 2007년에는 한국전쟁을 삼차대전으로 규정한 책 『압록강. 제3차 세계대전의 강기슭에서 *Yalu. An den Ufern des dritten Weltkrieges*』를 발표했다.

프리쉬, 막스(Marx Frisch, 1911-1991). 스위스의 작가. 프리드리히 뒤렌마트와 함께 전후 스위스가 배출한 가장 위대한 작가로 꼽힌다. 젊었을 때 잠시 건축가로 일하다가, 직업인으로 살며 가정을 이루는 시민적 삶에 회의를 느끼던 차에 소설 『슈틸러 *Stiller*』(1954)가 성공을 거두자 전업 작가로 전향한다. 프리쉬는 현대인의 자기 정체성을 탐구한 소설 『호모 파버 *Homo faber*』(1957)와 『내 이름을 간텐바인이라고 하자 *Mein Name sei Gantenbein*』(1964)를 발표하여 평단의 호평을 받았다. 그 외의 대표작으로 반유대주의 문제를 다룬 희곡 『안도라 *Andorra*』(1961)와 브레히트의 서사극의 영향을 받은 『비더만과 방화범 *Biedermann und die Brandstifter*』(1957) 등이 있다. 말년에는 자신의 고향 스위스의 정체성을 비판하는 작업에 몰두했다.

플래너, 재닛(Janet Flanner, 1892-1978). 미국의 작가, 언론인, 페
미니스트. 이차대전이 끝난 뒤 독일에서 통신원으로 활동. 『뉴
요커 *The New Yorker*』에 뉘른베르크 전범재판 보고문을 기고
했다.

피히테, 후베르트(Hubert Fichte, 1935-1986). 독일의 작가, 인류학
자. 전개의 일관성, 발전의 완결성, 사건의 인과관계 대신, 감각
적인 단편의 나열로 부조리한 파국의 세계를 묘사한 문학을 지
향했다. 이 시기의 대표작으로 『데틀레프의 모방 클럽 '그륀슈
판' *Detlevs Imitationen 'Grünspan'*』(1971) 등이 있다. 1970년
대부터는 인류학과 민속학에 몰두하여 1971년에서 1975년까
지 아이티와 브라질의 바이아 등지에서 아프리카의 제의와 문
화를 공부했다. 이러한 현장답사를 바탕으로 『샹고 *Xango*』
(1976)와 『파슬리 *Petersilie*』(1980)를 펴냈다. 그 외에도 독일
에서 진행한 인류학 연구서 『인도 여행자 볼리 *Wolli
Indienfahrer*』(1978)와 미완성 저서인 『감수성의 역사 *Die
Geschichte der Empfindlichkeit*』(1987) 등을 남겼다.

하게, 폴커(Volker Hage, 1949-). 독일의 문학 평론가, 언론인, 작가.
저서로 『파괴에 대한 증언. 문학과 공중전 *Zeugen der Zerstörung.
Die Literaten und der Luftkrieg*』(2003) 등이 있다.

하르보우, 테아 가브리엘레 폰(Thea Gabriele von Harbou, 1888-

1954). 독일의 연극배우, 시나리오 작가, 소설가. 독일 표현주의 시대의 대표적 영화감독인 프리츠 랑의 부인으로 결혼 당시 이미 인기 있는 통속소설 작가였다. 영화 〈메트로폴리스〉의 각본을 맡았고 동명의 소설도 출판했다. 남편과 달리 나치스에서 일했기 때문에 영화에서 드러나는 파시즘적인 매혹을 하르보우의 탓으로 돌리는 사람이 많다.

하인로트, 카타리나(Katharina Heinroth, 1897-1989). 독일의 동물학자. 독일 최초의 여성 동물원장으로 기록되어 있으며, 전임 소장 루츠 헤크가 피신한 이후 베를린 동물원의 운영을 맡았다. 1945년부터 1956년까지 공습으로 파괴된 동물원 복구에 힘썼다.

하치야, 미치히코(蜂谷道彦, 1903-1980). 일본의 의사. 이차대전 말 히로시마 피폭 당시 히로시마에 소재한 병원의 원장이었다. 히로시마에 원자폭탄이 떨어진 1945년 8월 6일부터 9월 30일까지를 상세히 기록한 『히로시마 일기ヒロシマ日記』를 집필했다.

헤이스팅스, 맥스(Max Hastings, 1945-). 영국의 언론인, 작가, 역사가. BBC 방송국과 『이브닝 스탠더드Evening standard』의 해외통신원으로 일하며 주로 전쟁 상황을 보도했다. 그후 십 년간 『더 데일리 텔레그래프The Daily Telegraph』의 주간을 지냈다.

헤크, 루츠(Lutz Heck, 1892-1983). 독일의 동물학자. 베를린 동물원 소장의 아들로 태어나, 아버지의 뒤를 이어 1932년부터 베를린 동물원 소장을 지냈다. 1933년에 이미 나치스 친위대의 후원회원이었고 1937년에 나치스에 가입했다. 이차대전 말, 소련군을 피해 도망가면서 동물원 소장직을 카타리나 하인로트에게 이임했다.

회어비거, 아틸래(Attila Hörbiger, 1896-1987). 오스트리아 출신의 영화배우. 그는 두 번째 부인 파울라 베셀리와 함께 나치스 프로파간다 영화 〈귀향〉에 출연했다.

힘러, 하인리히 루이트폴트(Heinrich Luitpold Himmler, 1900-1945). 독일의 정치가. 나치스의 친위대장과 게슈타포의 장관을 지낸 유대인 학살 최고 책임자이다. 뮌헨 기술학교에서 농경학을 공부했고 20대 초반에는 양계업에 종사하면서 인종이론을 터득했다. 1925년 나치스 친위대에 입대하여 당내 수많은 정적을 제거하면서 승진을 거듭한 결과 1934년에는 전 독일 경찰을 장악했고, 1943년부터 1945년까지 제3제국 내무부장관을 지냈다. 1945년 독일이 항복한 뒤에 연합군에 체포되어 자살로 생을 마감했다.

지은이 **W. G. 제발트**
작가, 독문학자. 『자연을 따라. 기초시』『현기증. 감정들』『이민자들』『토성의 고리』『아우스터리츠』『불행의 기술』『섬뜩한 고향』『공중전과 문학』『캄포 산토』 등을 펴냈다.

옮긴이 **이경진**
서울대학교 독어독문학과 교수. 옮긴 책으로 『캄포 산토』『도래하는 공동체』 등이 있다.

W. G. 제발트 선집 01
공중전과 문학

1판 1쇄 2013년 6월 20일
2판 1쇄 2018년 6월 14일
2판 2쇄 2019년 10월 23일

지은이 W. G. 제발트 | 옮긴이 이경진 | 펴낸이 염현숙
기획 고원효 | 책임편집 허정은 | 편집 송지선 김영옥 고원효
디자인 고은이 최미영 | 저작권 한문숙 김지영
마케팅 정민호 이숙재 양서연 안남영
홍보 김희숙 김상만 오혜림 지문희 우상희
제작 강신은 김동욱 임현식
제작처 한영문화사(인쇄) 경일제책사(제본)

펴낸곳 (주)문학동네
출판등록 1993년 10월 22일 제406-2003-000045호
주소 10881 경기도 파주시 회동길 210
전자우편 editor@munhak.com
대표전화 031) 955-8888 | 팩스 031) 955-8855
문의전화 031) 955-3578(마케팅), 031) 955-1905(편집)
문학동네카페 http://cafe.naver.com/mhdn
문학동네트위터 http://twitter.com/munhakdongne
북클럽문학동네 http://bookclubmunhak.com

ISBN 978-89-546-5175-2 03850

www.munhak.com